原創長篇小說

陳　然──著

目次

第一章

1

醫生你看，這次我真的病了。

他在醫生對面的凳子上坐了下來。醫生坐的椅子有靠背，而凳子光禿禿的，好像船行到水中心，四周沒有岸。他把屁股放好，儘量讓它占的面積大一些。

他說，我知道，這個在心理上叫強迫症，可我不是強迫症，我比它要嚴重得多。

他說，這段時間，他感覺症狀比開始又嚴重了。腦子也沒有原先好用。本來一件很容易的事，他卻要遲疑老半天才把它做好，譬如燒個開水什麼的，他要麼是忘了加水，要麼是忘了按開關，等他明白過來的時候，就被主任或其他同事看到了。想掩蓋已經來不及了。他想，下次可不能這樣，可下次還是這樣。開始是在單位上，後來在家裡也是這樣，老婆叫他做件什麼事，他嘴裡答應著，手卻不知道往哪裡去。他只好說，你再說一遍，你剛才叫我做什麼？老婆就盯著他，說，你怎麼回事嘛？老是這麼漫不經心的！他很著急。

他想說他很在乎她，在她面前他從來不會漫不經心。可不久事實再次證明，他還是漫不經心的。以前，他僅僅在辦公室有那些關門和洗手的習慣，可現在，他把它們也帶到家裡來了，有幾次他已經上了床，忽然下來穿過客廳把門打開，嚇了老婆一跳，問他幹什麼，他支支吾吾說聽到樓道裡有動靜，實際上他是檢查鑰匙是不是還掛在門上，並借此重複一遍關門的動作。他不但自己洗手，還要老婆和女兒一遍遍地洗手。那天，老婆買了一斤削好了的荸薺，她們歡天喜地的，用水沖了沖抓起來就往嘴裡塞，他忽然大喝一聲，不許吃！老婆說你怎麼啦，他說你怎麼這麼糊塗，你想想，那個賣荸薺的手，肯定是接過錢數過錢的，對吧？肯定是挖過鼻眼搔過癢的，對吧？肯定還上過廁所刮過屁股，對吧？至於他有沒有傳染病譬如肺結核肝炎梅毒之類，你也不能否認對吧？說著，他一把搶過她們手裡的荸薺，扔進垃圾簍，又把剩下的荸薺用大量開水燙過，才讓她們吃。女兒說，現在一點也不好吃了。他知道她是故意氣他，便也不理她。所以，他從不敢帶她們到外面去吃東西。那些油，那些盤子，那些筷子，想起來都噁心。他對許多人共用的東西向來保持警惕。對來路不明的東西保持警惕。剛才，他又對照了醫院掛在牆上的知識框，他發現，他的症狀已經跟它說的完全吻合了。

他不知道是不是該繼續說下去。因為他看見醫生似乎並沒有怎麼聽他的，用筆在一個筆記本上寫著什麼。他還以為醫生的辦公室裡只有處方箋呢。他把自己的病歷本往醫生面前推了推。他把病歷本保管得好好的。上面已經有這位梁醫生寫的字。診察室的門口有每個醫生的名字。他知道他叫梁康蒙。不過醫生的字他看得似懂非懂。醫生總是故意不讓別人看懂他們寫的字。好像他們有一套獨特的文字系統。但不同的是，如果是其他的文章，別人看不懂，就沒人看，而醫生的處方沒人看得懂，病人照樣多。這使人對醫生的職業肅然起敬。他說醫生，你再看看，我肯定是有病的。說著，他又把病歷往醫生面前推了推，幾乎要妨礙醫生繼續在筆記本上寫字。他忽然很想知道，醫生在筆記本上寫的字是不是也像處方箋上那麼神秘抽象，雲裡霧裡。

他看到，醫生有些生氣了。醫生說，你真的沒病，至少，不是需要到我們這裡來治療的病，我不是跟你說過嗎，你最多有些心理障礙，甚至很可能是神經衰弱，那麼你只要到普通醫院、哪怕是藥店裡買瓶「維磷補汁」，或「安神補腦丸」之類，就能治好。如果還不能治好，我以前也跟你說過，就去看心理醫生。喏，旁邊就是心理康復中心。

他說，我都買過，跟你說，在第一次來找你之前，我就買過了。起初我也以為是神經衰弱，以前我在大學讀書時經常神經衰弱，在醫務室開了好多藥，其中就有補腦汁。除了神經衰弱，我還得過胃病。很嚴重的胃病。像我這麼大的人，得過胃病的很多；胃病是一種時代病，就好像現在精神病是一種時代病一樣。有一段時間，神經衰弱和胃病纏著我不放。到了冬天，胃痛得厲害，沉甸甸地掛在胸前，像一個硬塊，像一塊冰。我不得不常用熱水袋把它捣著。我自己到藥店買藥，這種藥試了不行，就換一種。後來，我居然把它治好了，為此我還自詡為半個醫生。可以說，一般的病是難不倒我的。我甚至比社區診所的醫生還懂。有時候，我到那裡去，我說小孩子感冒了，或大人拉肚子了，他們總是問我，拿什麼藥好？你說怪不怪，他們反倒問起我來了。現在的這個病，它已經超出我那半個醫生的範圍了。我也去過其他醫院，我掛了神經科的號，他們說，我應該去內科。我又掛了內科的號，他們說，我應該去五官科。反正越來越離譜。還有醫生叫我去查內分泌、胰島素、荷爾蒙。我知道，他們全錯了，可我懶得申辯。我看到自己像一隻皮球被他們踢來踢去。其實，懶惰和對什麼都無所謂的態度，正是我這種病的典型症狀之一。我在網上查過相關資料，知道這種病是怎麼回事。這次，我不敢亂吃藥。我怕吃錯了藥，更治不好。我希望他們說，你應該去看看精神病醫生。可他們就是不說。他們故意保守著這個秘密。本來我以為神經科的醫生會說的。神經和精神不只有一牆之隔麼？可他彷彿對精神這一層面的東西一竅不通。在這種情況下，我只有自己跳出來拿主意了。

於是，我決定來找你。其實第一次來找你時，我就在醫院門口徘徊了好久，拿不定主意到底進不進來。這條街好僻靜好荒涼哦，它明明離市中心不遠，怎麼這樣荒涼，好像另一個世界。我先在醫院對面觀察了一會兒。我看到醫院門口有一個打爆米花的老頭，他把那個黑黑的鐵鼓放在三輪車上。我很奇怪，這兩邊又沒什麼住戶，誰會來打爆米花呢？今天我來的時候，他還在那裡。我看著他，他也看著我。

我心裡有些發毛。見我站在那裡不動，偶爾的幾個過路人都瞄了瞄我，彷彿知道我有病。疾病是有感情色彩的，就像辭彙裡有褒義詞也有貶義詞一樣，譬如精神病、性病、B型肝炎等等，就是有貶義的。我想來想去，又猶豫了好久。我知道，這種老拿不定主意的表現，也是我這種病的典型症狀之一。慶幸的是，正是想到了這一點，我才鼓起勇氣走進了你們的大門。這是我第三次來你這裡，不過病歷上只有一次，我上次來，你不肯在上面寫字。你說我沒病。如果我真的沒有病，那現在經常在我身體和頭腦裡搗亂作祟的又是什麼呢？連我自己都看到了它的頭髮、牙齒、鱗片和尾巴，作為一個醫生，你怎麼對它視而不見呢？

他說，醫生，我這個病一定要吃藥，不吃藥我就永遠不得安寧。我才不在乎那個什麼心理諮詢，你不要再把我當皮球踢。就像一個人病得很重，你卻輕描淡寫地對他說，多喝開水，多吃水果，那怎麼夠？輕飄飄的開水和水果解決不了問題，你要讓他吃藥！

2

看到醫生動手記錄他就放心了。

就像你去送禮，如果對方不收，那多難受啊，你失魂落魄，局促不安。而當對方一但伸出溫暖的大手把你的禮物接過去，你是如何地感激零涕，哪怕他當時沒答應給你辦事也不要緊，因為他給了你面子。

他對醫生說，為了讓你相信我有病，我要把我的事情原原本本都告訴你，不再有任何保留。正在這時，他看到一個巨大的唾沫星子像隻臭蟲似的跳到了醫生的桌面上，醫生皺了皺眉。

可惡的唾沫。有時候，他簡直拿它們沒辦法。它們總是趁他沒注意時出來搗亂，破壞他的形象。它們無組織無紀律地沖了出來，觸目驚心地射到對方的手上，臉上。為此他在出門前總要擠很多牙膏刷牙。

怎樣才能減少說話時噴出唾沫？他曾深入研究過這個問題。他很羨慕那些就是滔滔不絕地發表長篇大論也沒有唾沫星子出來搗亂的人。他們適合做領導，適合講話，適合聯繫群眾。他就不行。他怕發言，怕演講，怕社交，怕與人近距離地接近。那些唾沫星子像跳樑小丑，像攔路虎，像無頭小鬼；為此他很苦惱，很自卑。他不思上進，能調進機關做一個公務員，他已經很滿足了。他很感謝現在的制度，能夠讓他這個沒有任何門路和背景的人通過考試進入政府機關。可以說，考試是他唯一的長處和本領。從小學到大學，他都一直在暗暗盼著考試，他恨不得天天考試。別人愁眉苦臉，他一點也不。一考試，他就有一種揚眉吐氣的感覺。每次他都遙遙領先，出類拔萃。一拿起筆，他就好像騎上了駿馬，在試卷的寬闊平原上一路狂奔。大學畢業後，他成了一個中學老師，為了幫自己找到考試的感覺，他總是在發卷子給學生考試時，自己也坐在講臺前面做了一份，再偷偷把它混到其他試卷裡，讓自己或別人批改。不久他參加了另一所大學的函授。沒有人知道，他不是為了更高的學歷，而是為了考試。可是，函授的考試太讓他失望了。在那裡，他根本顯不出優勢。平時不做筆記不聽課不準備的人，照樣考得很好，因為可以偷看前後左右或抄書。至於學校偶爾舉行的普法考試德育考試，都有答案發下來，只要照抄就行。有時候他忍不住借題發揮，估計也沒人看。正在他徬徨的時候，好消息傳來，他又可以考試了，政府機關要面向社會招公務員了。聽說這種考試是很嚴的，他趕快去買了考試資料，他又可以發揮自己的長處了。不久，成績公佈，他的名字排在最前面；他報考了一家機關的秘書。與口語相比，他更喜歡用筆。

有一段時間，他的心態是很好的。每天按時上下班，沒事時，看看報紙上上網，跟同事聊聊天，互相敬支煙什麼的，有事，就一心一意把事情做好，加中班，加夜班。反正都是用筆頭子解決的，好說。現在，每一天的工作對於他來說都像是一次考試，只不過考的都是作文。這種感覺很好。他寫的那些發言、報告、總結得到了領導的認可。他跟同事們相處得也不壞，偶爾還出去喝喝茶唱唱歌什麼的。由於工作需要，他還會給市報寫點通訊。市報的那位編輯說他的通訊稿寫得好，根本不用做什麼修改。因為這樣，局長對他的工作很滿意。但有時候，領導對你的工作滿意也不一定是好事，塞翁失馬的寓言永遠有效；後來發生的事情證明了這一點。不久，彷彿為了讓他發揮更大的用處，局長把他調到了另一個在其他人看來或許更重要的科室。

他說，按道理，他是不可能得這種病的。但自從他調到現在的科室，一切都變了。剛上班，現在的主任就對他說，好好幹，他反正是不可能在一個地方連續待三到五年的，他要麼調到別的科室，要麼調到別的單位，那時，你就自然而然是主任了。剛開始，他還沒反應過來，便認真地說，他這人不是當官的料子，再說也沒那個想法。千不該萬不該，他還老老實實地說了一句：「何況前面還有比他來的早的人。」主任說，升遷又不是評職稱，哪是看誰來得早，無論在哪方面，他們都是不能跟你比的；後來，他越想越不對頭，按道理，主任哪有資格說這樣的話呢？原來，他是在試探他啊！但他對主任那些複雜的心理完全不懂；以前他們還是朋友，關係也過得去，有時候在一起喝酒什麼的，覺得他性格豪爽開朗，說話幽默，很有才氣。

可是，在一個辦公室共事不久，他越來越覺得不對頭。主任會忽然在他面前放低聲音說其他科室一些人的壞話。有一個別科室的同事，因為胃被切除差點死掉，他在背後叫人家「那個沒死掉的」，而當面又對人家點頭哈腰，嘴上像抹了蜜。主任處處在提防他，不讓他和外面來的可能會對他有好處的人接觸。看到局長交給了他什麼任務，主任就煩躁不安，每次從他身後經過，總要看看他的電腦螢幕上顯示的是什麼，稿紙上寫的是什麼。後來，這幾乎成了主任的一個習慣性動作。如果他在聚精會神做什麼事情，主任就故意哼起歌曲或打開音樂網站。有幾次，主任明明看到他在電腦前打字，卻故意把電源開關一按，這樣，他電腦上沒儲存的資料都沒有了。主任知道他有咽喉炎（這是他教書時得來的職業病），辦公室煙霧騰騰時，他就到院子裡走走，呼吸新鮮空氣，主任說他不遵守紀律，隨意走動，辦事找不到人。對，當初主任到局長面前打他的小報告，正是這麼說的。紀律這個東西，是最容易被人拿來說事的。說你好你就好，說你不好你就不好。就像衛生問題，就像男女關係。那天上午，他有點急事要請假，他打主任的電話，他關了機，打辦公室電話，沒人接，他只好先去辦事，在辦事過程中，他還打過電話，不幸的是，這次是他的手機沒電了。等他把事情辦好，到家裡換了電池，他的手機就響了，是局長打來的，局長問他上午哪去了，怎麼沒請假？他說你下午到我辦公室來一下。局長沒聽他解釋就把電話掛了。他這才知道主任到局長面前告了他的狀。下午，他去了局長的辦公室，跟他解釋上午的事情。局長是個很不錯的人，並且對他很關照，他不想讓他失望；他認為把工作幹好就是對局長最好的支援。但他總不知道在嘴上說。為此他老婆譚霞成也經常批評他。她就比他機敏得多，在單位上很混得開。她教導他：「你不說，別人怎麼知道呢？」而他總認為，如果一個人知道你，你沒必要去說，如果不知道你，即使說了也沒有用。跟局長談話之後，他才知道，主任已經不止一次在局長面前告了他的狀。他不但說他不遵守紀律，還說他經常利用上班時間在網上聊天等等（其實這個人應該是主任自己，他QQ上掛著的號碼比他的多得多）。局長已經對他不那麼信任了，小報告已經發揮了作用。他每辯解一句，局長便反駁他一句。他完全是站在主任的立場上。他完全是先設定主任所講的一切都是對的。這時他才明白，主任一直把他當作了競爭對手，他打他的小報告，就是想在局長面前破壞他的形象。

主任真是高看他了。其實他根本沒那個上進心。就是有，又哪裡是主任的對手？聽說像主任這種從小縣城機關調來的人，都有很厲害的手腕，現在一看果真如此；不過他不在乎。雖然他感到淡淡的悲哀，為人性的弱點。剛開始，他也很惶恐。但慢慢地，他還是理出了一個頭緒。通過這件事他知道，任何人都有弱點，尤其是當領導的。其實當領導的最容易被人利用。任何領導都喜歡向他打小報告的人，哪怕是像局長這樣清廉的領導。打小報告的方式為什麼這麼有效？因為它像新聞媒體一樣，有一種放大的功能。譬如電視裡說某地有一家企業用工業鹽加工鹹菜，那麼那個地方生產的鹹菜你都不敢買。領導聽多了關於你的缺點，會把你全盤否定。另外，他決定不接受主任的這種遊戲規則，哪怕明明知道他在局長那裡告了他的狀，他也不會去辯白。如果主任每打一次小報告，他都去辯白的話，那麼他就會陷入惡性循環和某種怪圈；他決定保持沉默。

他說醫生，所以我懷疑我的病跟我在單位上的境遇有關。因為我老是壓抑自己。我知道這樣下去遲早會出問題的，你看現在，我的擔心變成了現實。但我仍忍不住這樣做。我不認為我有多麼高尚，主要是因為我的天性。我故意和主任保持距離，來顯示我的尊嚴，同時我也承認，雖然我緊繃著臉，在心裡蔑視他的為人，可孤立又讓我多麼難受（我知道他在其他同事面前也說了我不少壞話，這從他們怪怪的眼神看得出來）。我渴望跟他乃至他們一樣哈哈大笑，沆瀣一氣，因為他是主任，其他人也聯合起來隔離我、疏遠我了。譬如，他們明明在談笑風生地說著什麼，我一進門，他們馬上閉口不言。他們鬼鬼祟祟在電話裡商量到酒店裡吃飯，怕我聽到，就支支吾吾的，用一些模棱兩可的詞：是的，這裡，那裡，嗯。知道我不願跟他們一起去吃飯，有時候主任會故意問我，中午有個聚會，你也去吧。我想也沒想就說，不去。但想到我的回答正中了他的詭計，我又後悔，所以下次他再問我，我就說，好吧。看到他臉上尷尬的笑容，我很舒服。我不由得悲哀地想到一個老詞：窩裡鬥。雖然我沒想跟他鬥什麼，可不知不覺，我還是在跟他鬥。有一段時間，我甚至在自虐。或許，我本來就是一個喜歡自虐的人，讀大學時，和最要好的同學賭氣了，我總是暗暗折磨自己。後來結了婚，和老婆鬧彆扭，也是這樣。有一次，跟老婆逛街，為了一件什麼事忽然吵了起來，我竟然不顧交通規則橫越馬路，差點引發交通事故。現在我也有種破罐子破摔的味道，他說我不遵守紀律，我就故意不遵守幾次，他說我在網上聊天，我就真的在網上聊天了，看他能把我怎麼的？

被人孤立真的是一件很難受的事情，孤立必定孤獨，他不知道怎麼解決這個問題。他說，醫生你跟我說說，你有什麼好辦法嗎？

醫生的臉紅了一紅，說，對不起，我要下班了。

他說，那你怎麼不給我開藥？

醫生說，我說了，你沒病。

3

沒過兩天，他又來了。

他說，我一定要讓你相信，我是有病的。

他說，上次他說到了孤獨，其實他並不真的怕什麼孤獨。甚至恰恰相反，不孤獨才讓他害怕。就好像他喜歡走夜路；許多年來，他還保持著在黑夜走路的習慣，這大概跟他小時候的經歷有關。那時他還在一所山區中學讀書，每星期回城一次。叔叔說，在那裡讀書對他有好處。放學後不久，天就暗了，他獨自走在路上，有二十多里。天很黑，風像鞭子一樣把衣服抽得劈啪作響，使得衣服也成了鞭子的幫兇。衣服裡彷彿空蕩蕩的，他覺得自己是那麼孤單，一切都被淹沒在黑暗裡。為了抵禦內心的害怕，他把書包抱在懷裡奔跑起來。他感覺出了它貼著皮膚的硬度和溫度。彷彿不是他抱著書包而是書包在帶著他奔跑。或者說，他和它同時在奔跑。書包是他唯一的同伴。它越有硬度，他越感到安寧。他放慢了腳步，膽子漸漸大了起來。後來他甚至喜歡這種感覺。有時候有同伴，他也故意讓對方先走。獨自一人走在夜色裡真是妙不可言，他可以跟白天完全不一樣地走路，可以亂跳，可以喊叫，以至他後來對夜晚甚至有一種依賴；他無比地喜歡它，渴望它。大概從讀大學時起，他就故意遠離人群。只有在遠離人群的地方，他才會感到輕鬆。人群密不透風，讓他難受。開會時，他總是坐在最後；在舞會上，他喜歡坐在不為人注意的角落。在寢室裡，他會拉一道簾子把自己和別人隔開，哪怕那道簾子根本不管什麼用。在火車上，他總要拿本書或一份報紙，阻擋住旁邊的面孔或唐突的交談。他甚至不喜歡坐車。有一段時間，他情願放棄坐車而選擇步行。公共汽車和電梯是兩個最荒唐的地方，明明是素不相識的人，卻貼得那麼緊，有時候，女性的胸部會頂著他的脊背；身體在竊竊私語，而彼此的眼睛卻視而不見。現在，他仍然願意一個人晚上散步，可是，譚霞成的手糾纏著他不放，他甩開了它又撲過來。他只好故意帶她走那些陰暗的、七拐八彎的地方，經常嚇得她尖叫；他暗暗得意。誰知她是個適應能力極強的人，很快對黑暗產生了免疫力，後來不但不害怕反而強烈地渴望那種刺激。可是，兩個人在黑暗裡走路，感覺就完全不一樣了。

所以，他那天是故意那麼說的。他故意說他孤獨孤立，是因為怕別人來和他共用；即使被孤立了，又有什麼不好呢？本來，他就想離人群遠一點。發現主任在有意孤立他，其實他暗暗高興。

面對主任的搞鬼，他也沒有絕對地沉默。那次，他還是處心積慮地為自己作了一次辯護。單位組織大家去秋遊。汽車的發動機嗡嗡作響，大家都昏昏欲睡。在這種擁擠的孤獨中他卻越來越清醒了。如果是十年前，這樣不停地盤旋和顛簸的山路，早已使他暈車；可是現在，他已經不暈車了。他不知道這值得慶幸還是應該感到悲哀。他在報紙上看到過，暈車是因為身體敏感。這樣說來，不暈車是不是說明他的感覺器官已經麻木了呢？這樣一想，他就不由得有些悲從中來了。本來，他就是一個悲觀的人。

下了車，呼吸了一大口新鮮空氣，就準備爬山。據說這是省內海拔最高的山，爬上去要將近四個小時。有的人害怕，便留在了山下的旅館裡。但他還是想挑戰一下自己。當年在大學讀書的時候，他每天早上起來都要跑上五公里，看上去像一個長跑運動員，只是畢業後沒有再堅持。分到了單位上，人就沒那麼單純，就好像當初亞當和夏娃忽然發現自己沒穿衣服，做事有些畏首畏尾。總覺得自己這麼年輕，就開始鍛煉身體是一件很羞恥的事情；說不定人家還以為你有什麼病呢。有幾次，他起得特別早，想在別人起床之前到外面去跑步，但等他跑步回來，他們都已經起來了，齊刷刷站在那裡望著他。於是他趕忙低頭跑回房間。他感覺自己的臉像一隻火球似的在轟隆燃燒。

登山陸陸續續開始了。起先坡度比較平緩，大家還有時間看看斑斕景色；白色的茶花開得正濃，山道上積滿了落葉。但隨著山路越來越陡，石級上的落葉反而少了。大概是風把它們吹到溝壑裡去了吧。在這山上，風就像是一位國畫大師，遒勁的筆力直達枯黃而堅硬的草尖。滿山裡只有寂靜，陪同登山的一個當地嚮導說，在深山裡是不可能聽到鳥叫的；大概鳥也是耐不住寂寞的。不知不覺，汗水湮濕了衣衫。許多人走一段路便坐下來歇息一陣。他和兩三個人走在前頭。沒想到自己在他們中間身體還算好的。他很高興。氣喘吁吁爬了許久，遙遙向那位在上面的本地人打聽，他說還不到三分之一的路程。這時，他看到山道上有一隻馬蜂在爬（也許不是馬蜂而是別的東西，他的生物學知識很有限），不知怎麼的，他居然就毫不猶豫地擡腳踩了下去。馬蜂頓時成了他腳底的一隻標本。

他忽然跳了起來。他想，他為什麼要踩死它？難道他跑了這麼遠的路來到山上，竟是為了踩死一隻馬蜂？也許在他擡腳踩下去的刹那，想到了馬蜂是會螫人的，是可能對人體有害的，因此會有一種決定它生死的價值取向；可是，造物主從來不因這一點而決定生命本身的存留與否。他沒想到，在他完全沒有準備的時候，就已經在這座山上犯下了罪過。一個人瞧見了他的臉色，問他是怎麼回事，他沒把事情告訴他，否則一定會遭到他的嘲笑。誰會為踩死了一隻馬蜂而懊惱呢？但事實上，他的確是越來越後悔了。報紙上有一則消息說，有人打死了一隻馬蜂，結果引來一群馬蜂撲到他身上。他想，如果真的有那麼回事，他將不作任何反抗，讓蜂群停泊在他的身上。

山上的住宿條件很艱苦，都是平房，太陽一下山，氣溫便驟然下降，待吃了晚飯，他打來熱水泡了腳，站在門口看了看那輪無比清澈也無比冰冷的月亮（他離它很近了），就躲到被窩裡去了。他帶了一本書來，不怕長夜難熬。跟他同住一間房的人到另外的房間打牌去了。房間的隔音效果不是很好，他聽出隔壁住的正是局長；他在和另一個人聊天。過了一會兒，大概只有局長一人在房間裡時，他忽然來了靈感。他假裝跟他同住的人也在房間裡，他叫了一聲對方的名字，他說王茨平，自從局長把我調到這個科室，實在是沒以前快活。他模仿王茨平的聲音說：「怎麼回事，你們那兒不是好好的嗎？個個都是才子。」他說，或許，問題就出在這上面，我們主任不是那麼能容人，我剛調到這裡來的時候，主任就開始試探我，說他馬上要調走，主任的位置遲早是我的。我說我不是當官的料子，再說也沒那個想法。我千不該萬不該又畫蛇添足，說前面還有比我來的早的人。主任開始排斥我。有一次，我有急事，打他的手機關了機，打辦公室電話又沒人接，結果，主任跟局長說我紀律觀念淡薄，弄得局長找我談話。當然，向局長反映科室的工作情況是他的職責，我沒什麼可說的，但不能只說我的缺點，再說有些事情還是他無中生有捏造的，誰都知道，跟領導反映情況（他注意了一下用詞，故意不說打小報告，因為這個詞比較有感情色彩，而局長多少還是向著主任那邊的）有一個放大的作用，或許，主任講得多了，在局長眼裡，我就沒有優點只剩下缺點了，你說是不是？他又模仿了一下王茨平說「是啊是啊。」他繼續說，主任不但在局長面前講我，還在其他許多人面前講我，這就不對了，跟局長講可以說是工作需要，那麼跟別人講居心何在呢？主任講我利用上班時間在QQ上聊天，其實他講的是他自己。哎呀，事情太瑣碎了，我都不願說，有句話怎麼講，「說出來便俗」。這同事關係又不是婆媳關係。主任是個刻薄的人，以前我還不知道，現在經常接觸就知道了。剛開始，主任也經常在我面前說別人的不是。還有，單位上的那些老幹部，哪一個不在背後挨他的罵，可每個人都有退休老去的一天（他想這句話肯定會引起局長的聯想）。主任在別人面前講了我，有的人也會轉過頭來把主任的話告訴我，跟我說，你怎麼不去跟局長解釋一下呢？你們主任的意思很明顯，要破壞你在局長面前的形象，不讓你對他有威脅。我說，我不想解釋，局長那麼忙，我怎麼好意思拿這些小事增加他的負擔，再說，我總覺得局長對我還是很瞭解、很愛護的，當初，正是因為這，局長才把我調到現在的科室，我感激不盡，生怕沒把工作做好，辜負了局長的期望（他心裡暗暗得意）。他躲在王茨平的聲音裡又說，你說的也有道理，但願局長對你沒有誤會。他說，局長是個很善良很有胸懷的人，但他不知道，像我們主任這樣從縣城機關調過來的人，一個個都很有手腕，什麼招都使得出來，可我也有我做人的原則，我早已想好了，在工作上，該幹的事我一定幹好，即使主任對我怎麼樣，我也無所謂，無論他在背後怎麼講我，我也不會去辯白。

那邊靜悄悄的。他被自己的講演感動了！他的大腦仍興奮不已。

不一會兒，王茨平回來了。他問他剛才跟哪些人在一起打牌，他說，有局長，還有你們科室的主任。他急切地說，局長不是住隔壁嗎？王茨平說，不可能，我剛才就是在局長房間裡打牌來的；王茨平的回答讓他迷惑不解。

4

這時，診室門外有個高大的人影閃了一下。

他看到梁醫生拉開了面前的抽屜。裡面模模糊糊有許多紙片。他不知道自己的名片是否還在那裡。那天不知怎麼的，他忽然就把名片拿出去了，事後他很為這個動作後悔。他不是一個見人就遞名片的人。可這個醫生再三拒絕他，說他沒有病，他急了，就把名片拿出來了。他聽同事說，有時候他們的名片很管用，他想，再不遞出去就來不及了。於是他趕忙拿了出去。

醫生從抽屜裡拿出那個筆記本，若有所思地又在上面寫了點什麼。他猜想那是醫生的日記。說不定，醫生把他也寫進日記裡去了。他跟醫生說，你是寫日記嗎？

醫生沒點頭也沒搖頭。

他忽然左右搖擺晃了一下腦袋。這都是多年伏案造成的類似於職業病的不良習慣。坐在那裡時間長了，就會用力搖一下頭，活動活動頸椎；他擔心自己遲早會頸椎增生的。

自從和主任發生了那些不愉快的事情，他又零零星星地寫了一些日記。他不知道自己為什麼要記下這些。這時，他忽然從口袋裡掏出一個筆記本，不管醫生樂意不樂意，他就開始念。他知道，為了讓醫生相信他有病，他有必要表現得神經兮兮。

×月×日，單位發賀卡，P叫我把各市局的都寄了，並說卡片數量不多。我說我個人不要這些東西。我把剩下的全給了他。

×月×日，我看到P的桌上還有一大堆賀卡，他正在給他的私人朋友寫賀詞。

×月×日，P在寫元旦聯歡會的節目報幕單。他在幹這種活的時候，喜歡有些誇張地唉聲嘆氣，好像吃了虧，其實是在炫耀領導對他的信任。

×月×日，上班時，P對我說，現在是年終，事情多，要來早一些。

×月×日，剛到辦公室，P就幸災樂禍地說道，你昨天錯過一個好機會啦，省委×××來看望大家啦。我昨天出差了。——他倒不至於那麼淺薄，可能是藉此開個玩笑輕鬆一下氣氛。

×月×日，擔心下雨，中午回家收衣服。譚霞成這兩天忙著開會。果然，快兩點的時候，P就開始打我的電話，一次比一次急。沒接。還沒到上班時間。我又不是不上班。到辦公室一問，果然，沒什麼事，他就是要找到做領導的那種感覺。

×月×日，這幾天，P的情緒又有些反常。齊科長叫我填表，什麼人才工程的。不願填，但齊科長實在是好意。我懷疑很多人都是在這種好意之下接受某種遊戲規則的。

他說，你看，我也變得婆婆媽媽了。

他說，人事科的齊科長，倒真是少見的好人。當初，他調進局裡的手續，都是齊科長幫他辦的，更沒有故意卡人或暗示點什麼。即使資料有什麼不齊全，也是齊科長到省人事廳去交涉，不要他跑路。他自己跑起來是很麻煩的。調進局裡後，他想請齊科長吃頓飯他都不肯。那麼年輕，就當了人事科長，今後一定會前途無量。齊科長對他很關心，經常提醒他該如何如何，可能有什麼機會。那次評全系統十佳公務員，也催他報了名。其實他不願去做這些事，但齊科長一再催促，弄得他不好意思，只好去報名，去整理材料，去繼續學習。他身不由己，不知道怎麼辦才好。拒絕吧，辜負了人家一片好心，答應吧，又非他所願。他很苦惱，只好半推半就著。陰差陽錯，他還真的評上了全系統十佳公務員，不禁哭笑不得。他猜想，很多人大概就是這樣被好心地拉上了某條道路的。好像那裡是一道深槽，一旦進去，只有繼續深入，不能退出來。除非他故意自毀形象；有時候他真的有這種自我「毀容」的衝動。

可他憑什麼要這樣作賤自己，讓別人高興呢？

他有些後悔從學校跑了出來，其實他的性格更適合做一個老師；教書育人，與世無爭。他不該跑出來當什麼公務員。是考試讓他躍躍欲試，誤入歧途。可學校真的就是淨土麼？在學校裡，如果你教了許多年書，還是一個老師，別人也會有議論的，德高望重的老師畢竟是少數，有時候德高望重或許可以超越權力意識，但一個人在從默默無聞到德高望重之前，要忍受多麼濃重的黑暗和白眼呢？而且，等你一旦德高望重，離退休已經不遠，超不超越什麼也就無所謂了。那時叔叔就力勸他跟校長多聯繫，跟教育局長多聯繫，並為他鋪路搭橋。知道他無意於此，叔叔十分失望。在叔叔看來，他就應該沿著一條從普通老師到校長再到教育局長的路子走下去。那是一條人人皆知的光明大道。後來見他考上了公務員，叔叔又精神振奮，誇他有想法，有出息。叔叔是最關心他的人。他從小就沒了父親，是叔叔送他讀書；據說父親死於精神分裂症。他是服毒自殺的，並留下遺言，說那樣可以以毒攻毒。父親是因為被無端頂了一項什麼罪名在獄中承受不住才神經失常的，還是他家本來就有著精神分裂的遺傳因子？他是父親的幼子，那年才五歲。他不知道父親躺在那裡一動不動就是死了。他對父親喊道，你起來，一、二、三，你起來。

可是他辜負了叔叔的期望。

不用說，他評上了全系統十佳公務員，又增加了主任的嫉妒。

那天，他路過局長辦公室門口，忽然聽到了他的名字。他吃了一驚，忍不住像個小偷似的不知不覺放輕了腳步。

局長辦公室的門沒有關緊，從門縫裡射出的光線投在陰暗的走廊裡。他的心怦怦跳得很高。局長住在單位大院裡，就是星期天，也待在辦公室。局長是一個勤儉敬業的人，胸懷寬廣，任勞任怨，處處與人為善。這時，他聽到他的名字又出現了一次。他聽出來了，是主任。主任又在向局長打他的小報告，說他目中無人，做事偷工減料。

主任這樣說是很有講究的。先用抽象的概念給他定義，「目中無人」，再落實到具體事務上，「偷工減料」。這樣，即使是捏造，別人也可能接受。更何況，這個「偷工減料」也是有虛有實的。什麼叫偷工減料？有什麼標準？在他們這一行裡，也是由別人說了算的。看來打小報告也很有學問啊，要運用心理學和接受美學等等多方面的知識，總之是一門綜合性學問。

他很生氣，恨不得馬上推門進去，他已經是一忍再忍了，看來真是物以類聚，人以群分。雖然他不想和這種人計較。他經常提醒自己的是，在小人堆裡，最要提防的就是自己也變成小人。他情願自己背著包袱，也不肯去辯白。但他終究控制住了自己。這不明擺著他在偷聽麼？如果沒偷聽，怎麼知道主任打了小報告？難道偷聽是什麼光彩的事情麼？那樣，他不但沒辯白什麼，反而更說不清楚了。

雖說理智終於克制了衝動。可此後每次經過局長辦公室門口時，他都不知不覺把腳步放輕，看那道門是否關上，聽裡面誰在說話，是否提到了他的名字。於是有一天，他驚訝地發現自己真的把耳朵緊貼在局長辦公室的門上。他嚇了一跳。

偷聽真的是非常實用、好玩的事情，它可以讓他輕而易舉地知道主任又在背後講了他什麼。這件事讓他感到了某種樂趣。窺視欲是每個人都有的。有一次主任跟他說，你最近在想什麼？我們之間的交流好像越來越少了。你看，主任連他想什麼都想知道，多可怕！腦袋是他自己的，想什麼是他的自由。他上班時的職責是工作，不是交流私人感情。於是他冷冷地說道，他認為工作就是交流。

後來，他覺得自己的聽覺器官特別地發達了起來，彷彿能聽清整幢大樓裡每個辦公室裡的竊竊私語。一天晚上，他和譚霞成從超市回來，快到自己家門口時，他忽然示意她別做聲。他把耳朵湊在自家門上用力地聽著，嚇得譚霞成握緊他的手，以為家裡進了小偷。

有時候，他被自己種種稀奇古怪的念頭折磨得坐立不安，甚至到了迷信的程度。他老是想像一些可怕的事情，譬如老婆遭到了暴力侵害，女兒被歹徒拐走，自己撞上了卡車。注視著老婆的臉，他忽然想到她將來化為骷髏的樣子。有一次，譚霞成為了什麼事跟他爭了起來，他嫌她大清早囉囉嗦嗦的。她忽然說，就因為你這樣的人多了。他一驚，心想她這不是在咒他嗎？為了驅趕種種不祥的念頭，他狠狠拍打自己的腦袋或不停地搖頭。他把明明是想像中的事情當成是真實的、已經發生了的，並在想像的螢幕前激動、顫抖。如果他想像一場火災，他的皮膚上會感到那灼人的熱度。如果他想像一場洪水，他身上就彷彿濕淋淋的。他知道，他已經病了，而且病得不輕。他的精神出了問題。但他理智向存。他盡力克制著內心的邪惡，最終戰勝了那蠢蠢欲動的想竊聽的強烈欲望。

5

他聽醫生說，不，你沒有病，你最終戰勝了自己竊聽的欲望，這就是證明。

他看到，醫生的臉又紅了起來；醫生的臉紅讓他怦然心動。沒想到，醫生比他還愛臉紅。他說醫生你知不知道，我也是一個愛臉紅的人，我來講個故事你聽聽。

那是十多年前的事了，他還在中學讀書。那是一所古樸的山區學校，校舍井然，老師們大都穿著中山裝，不苟言笑，上課時經常聽到戒尺打得劈啪響。家長們說，那是一所好學校啊！當時城裡學校很亂，叔叔便把他送到了這裡來讀書。

大概是初二上學期吧，一天，同班的修美麗忽然報告老師說，她丟了一支鋼筆，不，準確的說法是，她的那支據說是她舅舅花了二十多塊錢買給她的名牌鋼筆被人偷走了，因為她剛剛還使用過；修美麗邊說邊急出了好看的眼淚。

老師立即重視起來，上課鐘還沒響，就把大家召回教室。老師站在講臺上，威嚴地掃視著每一個同學，並把趴在窗外的別班的同學伸出的腦袋嚇得縮了回去，那架式，像是公安局的人。絕大部分同學還不知道是怎麼回事，懵懵懂懂，四處張望著。老師很痛心地說，我萬萬沒想到，這種事情會出現在我們班裡，真的是沒有想到啊，同學們，請你們擡起頭，看看黑板上方的這些獎狀，這些榮譽！它是全班同學用心血澆灌出來的花朵，是大家共同努力的結晶，是我們德、智、體全面發展的鐵的證明。可是現在，有個別同學正在用不光彩的行為損害它，玷污它！老師停頓了一下，忽然加重了語氣，繼續說道，同學們，你們知道發生了什麼事情嗎？不知道？是的，對於絕大多數同學來說的確是不知道，但對於某個心中有鬼的同學來說，難道他真的不知道嗎？老師把重音落在「有鬼」兩個字上，接著，又是一番掃視。

大家立時意識到了問題的嚴重性，一個個正了臉不敢斜視，惟恐引起了老師的注意。

老師說，修美麗同學的鋼筆被人偷了，為什麼偷她的而不是偷別人的？因為那是一支十分貴重的鋼筆，可見偷筆的同學早就打好它的主意了，是誰，我心裡有數，給你兩分鐘的時間考慮，如果你能主動坦白，我不再追究，你可能是看花了眼，「拿」錯了。這「拿」和偷是不一樣的。不然，後面的話就用不著我說了。

下面一片寂靜。誰也不敢吱聲。哪怕要咳嗽。哪怕什麼地方癢癢。

上課鐘響了。他的心，忽然像掛在操場邊的那隻鐘一樣，劇烈地搖晃起來。

老師根本不顧鐘聲的存在。他在教室裡來回走動，節奏稍不勻稱，大家便會齊刷刷拿眼睛去看。老師的目光隨便一停頓，肯定也是有所指。他察看每一個同學的臉色，說，再不坦白，我可要點你的名了。老師說，那時，你就別怪我不給面子了。老師說，你看，你現在很緊張。老師說，是啊，偷了人家的東西，怎麼能不緊張呢？老師說，你的臉在發熱，你的眼睛也和別人不一樣，你的臉，像燒紅了的炭，一澆水，保證冒起一股白煙——

正是這時，他的臉不可避免地紅了。像潑出去的熱水。為了掩蓋蒸汽的熱度，他儘量低著頭。可這無疑更引起了老師的注意。他心裡說，臉啊臉，求求你，別紅了。可它根本不聽他的。根本不懂得懸崖勒馬。於是他就像騎在一輛沒閘的自行車上，從高坡上風馳電掣地沖了下去。

修美麗跟他隔著兩排桌子，還有一條走廊。修美麗是個長得很好看的女孩。長長的手指，長長的麻花辮子。她住在她舅舅、也就是他們校長的房間裡，大家常看到她在校長室門口洗頭、換衣服。因此她身上總有一股好聞的味兒。他怎麼會偷她的鋼筆呢？那是多麼可恥的行為。他只是在一次做衛生值日時，看到她抽屜裡有一朵沒有丟掉的梔子花，偷偷抓過來嗅了嗅。

最可怕的事情終於發生了。老師的腳步像雷聲一樣滾過來，在他座位邊停住。時間靜止了。他聽到老師說，禹漱敏，你到我辦公室裡來一下。

他擡起頭，見老師像隻老虎一樣望著他。

他的臉紅得更厲害了。

於是他在眾目睽睽之下來到老師的辦公室。老師說，告訴我，你為什麼要拿修美麗同學的鋼筆呢？老師的笑紋毫不相干似地浮在臉上，就像誰往冬天結了冰的池塘上扔了幾根枯乾的樹枝。

老師不說你拿沒拿，而是問你為什麼拿？也就是說，老師跳過了第一個問題，直接把他引到第二個問題上。老師企圖一下子把他拉過岔路口，使他沒有迴旋的餘地。

但他還是本能地掙扎著。他說，我沒拿。

沒拿？你騙得了我你的臉騙不了我。老師說：「你的臉紅了，沒拿你的臉紅什麼？」

他說，我不知道。

有一句話怎麼說？臉紅是做壞事留下的尾巴（老師清楚，其實並沒有這麼一句話）。老師說，狐狸再狡猾，也藏不住尾巴。老師說，你不知道為什麼臉紅，我卻知道，因為你心虛。老師說，知道你為什麼心虛嗎？那個成語人人皆知。老師說，心一虛，人就發慌。為什麼發慌呢？因為心裡有鬼。有什麼鬼？有一個賊鬼。你一發慌，賊鬼在心裡藏不住，就跳到臉上來了。老師說，這就是你臉紅的根本原因。

老師為自己精妙的比喻和嚴密的推斷得意起來。

我真的沒拿。他幾乎要哭了。

真的？什麼是真的？老師說。一個人，只有心裡知道是假的時，嘴上才反覆強調是真的。老師說，這就叫欲蓋彌彰。你懂欲蓋彌彰嗎？欲蓋彌彰就是想要掩蓋事情的真相，結果反而更加顯露出來了（當然，它是貶義詞）。老師還見縫插針地傳授知識。

老師說，你就不要裝模作樣了，我教了這麼多年的書，什麼樣的學生沒見過？你還是老老實實交待吧。老師說，我不會告訴別人的。

老師的聲音是那麼的娓娓動聽。以至有好幾次，他都差點想答應說修美麗的鋼筆是他偷的，彷彿不那樣就對不住老師的語重心長和循循善誘。

老師苦口婆心地勸了他兩節多課，最後他哭著從老師房間裡跑了出來。

從此，他就染上了臉紅的毛病。他像怕一隻惡狗那樣怕自己臉紅。當他想掩飾自己的臉紅時，他就臉紅得更厲害。

他對醫生說，其實有些人就是愛臉紅，可別人往往以為他們幹了什麼壞事。現在他還是這樣，譬如局長叫他去談話的時候，人事科長叫他去填表的時候，為某件事和主任爭辯的時候，在公交上沒及時給人讓坐的時候，在菜市場似乎占了一點小便宜的時候……他的臉便一下子紅到了耳根。臉紅有什麼不好，他喜歡臉紅的人；臉紅的人敏感，有羞恥心。

他對醫生說，大概你跟我一樣，也是一個敏感和有羞恥心的人。

6

他最終還是和主任吵了一架。

雖然他在單位上儘量遠離權力鬥爭的漩渦，可還是不知不覺被捲到了中心。都是靠筆桿子吃飯，在領導眼裡，他和主任都不過是一支蘸了墨水的筆，這樣，他和主任之間就存在比較關係，有比較關係就會成為競爭對手。即使他不想競爭，可主任會感到來自他這邊的壓力。他工作越努力，處境越危險。

那次，他出差剛回來，由於不習慣空調（大概，這也會成為他不合群或性格孤僻的證據），感冒了。咳嗽和流鼻涕。後來頭也痛起來了。那天中午，主任在沙發上睡著了，辦公室其他幾個人逛街去了。這段時間，由於在準備會議資料，主任也很辛苦，經常在辦公室加班到很晚，眼睛熬出了血絲。他上了一下網，發了幾封電子郵件。後來實在支撐不住了，想提前回家休息，看主任睡得那麼熟，又不忍心叫醒，便悄悄收拾好桌子，走出門，又悄悄把門帶上。已是下午三點，大樓裡還靜悄悄的。相對來說，下午上班，大家的時間觀念不是那麼強。回到家裡，他取消了手機鈴聲就睡了。他怕剛睡著別人打電話來。晚上他也要開夜車趕寫資料。一覺睡了兩小時。醒來後，快五點了，女兒還沒放學，譚霞成也快下班了。他洗了把臉，感覺舒服了很多。喝開水時，從公事包裡拿出手機，見上面有兩個未接電話和一條未讀簡訊。他心內忐忑，按鍵一看，兩個未接電話都是辦公室的。簡訊是主任發來的，寫的是：禹漱敏，我對你這段時間的工作表現很不滿意，從明天起，你不要來上班了，有情況你和局長解釋。他腦袋嗡了一聲。他不知道主任是否有權力叫他別上班。不過他還是發了個簡訊如實地解釋了一下；主任沒回他的簡訊。

那天晚上，他很久沒有睡著，翻來覆去地想明天怎麼跟局長解釋。他是個不善言辭的人，尤其和領導面對面時，更是心慌氣短。他寫資料到半夜才睡，睡下不久又忙從床上爬起來。譚霞成問他幹什麼，他撒謊說，材料上還有個地方要補充一下。他把衣服緊了緊，在記事本上匆匆寫下了這麼幾點作為明天談話時的備忘：一、如實解釋這次事件；二、剛調到這個科室時主任對他的提防和試探（現在，他必須談到這點）；三、一年多來，在工作上自覺問心無愧；四、主任沒有不要他上班的權力；五、既然主任提出不要他上班，他也懇求局長給他換一個崗位，不管幹什麼都行。

一到單位，他就去找局長。不用說，主任昨天已跟局長彙報過了。至於是怎麼彙報的他也管不著。但一在局長面前的椅子上坐下來，他又結結巴巴不知說什麼好。那張紙條就在上衣口袋裡，進局長辦公室之前他還掏出來看了幾眼，可現在，他忽然都忘記了。他腦子裡一片空白，坐在那裡憋了老半天，只說了一句，我真的不是故意的。

這時他發現了一個問題，那就是，事前明明覺得自己是有理的，被冤屈的，可一到局長面前，他又不自信了。他的腰往下彎，聲音也低了下去。先前準備好的臺詞，一個字也說不出口。他很自責，局長對他那麼好，可他老是給他添亂。或許，正是因為局長對他太好了，他才這樣吧。他不是一個軟骨頭的人，可局長一對他好，他的骨頭就軟了，骨頭一軟，就顯得自己理虧了。原先，他也跟一些知識份子一樣，認為中國人沒有原罪意識，但有一次在填年終考核表時，他忽然意識到中國人也是有原罪意識的。那樣的表每年都要填，內容大同小異，「本年度本人政治思想好，堅決……積極……」先是自我鑒定，再是組織意見。從小學到大學，從畢業到退休，每次填都誠惶誠恐，如履薄冰，其實誰也不把它當真，可誰也馬虎不得，大概，這就是中國人的原罪吧。

局長肯定也認為是他理虧，寬容地說道，一個單位，沒有良好的紀律是不行的，要團結，上下一條心，才能辦好事。即使有矛盾，也可以互相溝通，消除矛盾和誤會。和人勾通也很重要。你在這方面似乎做得不夠。

他不想點頭，可他還是點了頭。或許是這樣的。他不太會和別人勾通。有一次，主任就說他們交流太少。主任說，交流就是交心。可他討厭這個惡俗的詞。他把自己的心看管得太緊了，並不肯輕易地交出去。

局長繼續說，你們之間的矛盾，我也知道一些，但凡事要先檢查自己，對不對？你們年輕人，大多有以自我為中心的毛病，要不要自我？要，但也要學會關心別人，有時候，作為下屬，辦公室的一些雜事，可搶著多幹一些，譬如擦地板啊，燒開水啊，來了客人倒杯茶水啊什麼的。再譬如，對方工作忙的時候，你也可以去問問他是不是要幫忙，諸如此類，等等。

他想爭辯一下，譬如，辦公室的雜事他早就搶著幹了，只是從沒跟局長彙報過。至於局長的另一個建議，他不敢苟同，主任對他本來就有戒心，如果他這樣問，不就印證了主任的想法嗎？主任肯定會認為他是在窺伺他的權力和職位。

局長彷彿知道他的想法，接著說，當然，他不一定要，但你這樣一問，人家就知道你也關心他，關係不就得到改善了嗎？

他只好繼續點頭。

他想，幸虧他沒把要求換崗位的事情提出來，不然，局長肯定會生氣的。現在單位正在籌備開大會，你還在搗亂，這不是想拆局長的臺嗎？想到這裡，他汗都出來了。

局長說，就這樣吧，你去上班，以後注意點，我等會兒再跟你們主任交待一下。

他回到辦公室，主任正在桌前寫著什麼。其他同事有的來了，有的還沒來。他又把昨天的事情跟主任解釋了一下。主任彷彿沒長耳朵，理都沒理他。他的火氣忽然竄上來了，說，你是一定要我離開這裡了？主任說，你走嘛。他說，走就走。

主任說，走之前辦一下移交。

主任說，我白養了你。

主任說，真是越來越不像話了，你還把我這個主任放在眼裡嗎？

本來，他是要馬上沖出辦公室的。但他最終還是坐了下來。主任那些荒謬絕倫的指責反倒讓他鎮靜了。他想，我憑什麼要走？我偏偏不走，氣死你。既然局長叫我在這裡，我就在這裡，看你能把我怎麼樣？說不定，他沖出辦公室，正中主任下懷，他又可以到局長那裡去告他的狀。他打定主意，就是要讓自己成為主任的眼中釘，肉中刺。

他想好了，從現在起，除了工作上的事情，他必須和主任有口語往來之外（他畢竟是下屬，畢竟還有工作任務），其他時候，他堅決不理他。反正主任經常到局長那裡告他的狀，那就讓他告下去好了，他不怕。相比之下，他甚至還有某種優越感，就好像他們在決鬥，主任的子彈已經打完了，他槍膛裡還是滿滿的。從某種程度上說，主任已經方寸大亂，說話都語無倫次了，譬如，主任是老闆還是家長，憑什麼說他養他？他不是打工仔是公務員，就是打工仔現在也有勞動法保護，憑什麼不讓他上班？為什麼他一定要跟主任交流思想？有時候，思想是不能交流也是沒辦法交流的。

他和主任之間的冷戰就這樣開始了。不，其實根本不是戰。他從來沒有戰的意思。他只是不想跟主任說話。物以類聚，人以群分。君子坦蕩蕩，小人常戚戚。僅此而已。如果主任是小人，他就是君子，如果主任一定要說自己是君子，那他就做小人，總行了吧？他馬上嘗到了不說話的快樂。以前主任老在他耳邊嘮嘮叨叨的，不是說這個人不好，就是說那個人不行；或故意拿出一篇剛得到領導首肯的資料叫他過目，或搖頭晃腦從電腦上念一段他兒子的作文，問他寫得好不好。現在好了，耳根清淨。心情舒暢。他感到從窗子邊擦過去的太陽暖烘烘的。甚至連院子裡的花香也聞到了。

主任想冷落他，是很容易的；他會把辦公室變成臨時會場，或瞞著他安排飯局。主任嘀嘀咕咕打完電話，辦公室裡的其他人用異樣的目光望了他一眼然後一個個心懷鬼胎魚貫而出。他知道他們到外面吃飯去了，單位上有個小金庫，有時候會到外面去吃吃飯唱唱歌，或到什麼地方旅遊一次。還可以報銷一點計程車費或買個照相機、錄音筆什麼的。那些東西他從來沒拿來用過；他不喜歡用公家的東西。大家都用的東西容易壞，如果壞在他手裡怎麼辦？沒必要占那個便宜，吃飯什麼的他更無所謂。主任還會用小金庫裡的錢給大家發點勞務費，逢年過節發點福利。每次發那麼一點小錢的時候，主任的神態好像在施捨。現在，主任即使偷偷發給別人不發給他，他也不在乎。

至於合不合群，他不怕。孤獨和不合群，都是旁觀的產物。子非魚，怎知魚之樂？怎知魚不樂？倒是他心太軟，有時候那麼固執強硬，事後又自問是不是過分。他甚至只有故意強調或反覆記起所受的屈辱，才能讓自己堅持下去。

有一次，一篇報告必須經主任過目簽字才能呈給局長。他早已把報告寫好，但裝出不緊不緩的樣子，並流露出直接送呈局長的意思。他看到，主任果真局促不安起來了。如果他這樣做，那真是對主任極大的蔑視了。當然他沒有那麼做。因為他根本不想鬥什麼。他只是要故意折磨一下權力欲強的主任。等把主任的胃口吊得差不多了，他才把報告遞上去。

他驚訝地發現，主任眼睛裡竟流露出感激的神情；忽然間，他覺得主任很可憐。但他強迫自己在心裡重溫那天所受的侮辱，才沒因心軟失去原則。不是時間長短的問題，而是他，永遠也不會跟主任這樣的人在一起蠅營狗苟。不能否認，有時候主任會表示出和解的意思，露出了假惺惺的神氣。但他不肯買賬。那不過是主任因自己的權力之繩快縛不到他，便想把他拉近一些罷了。

他說，他很慶幸跟主任吵了這麼一架。如果不吵這一架，他跟主任的關係還是那麼不明不白。現在好了，涇渭分明，一刀兩斷，他感到了前所未有的輕鬆和解脫。

第二章

1

這個人又來了。我不想聽他嘮叨，可他的聲音一個勁地往我耳朵裡鑽。

我盯著筆記本。白底藍紋的紙張看上去那麼優美，那麼寧靜。很奇怪，那些事情都很瘋狂，可我在把它們寫下來之後，卻感到了寧靜。現在我被這個傢伙弄得煩躁不安，企圖用文字紮起一道籬笆擋住他的嘮叨，但我馬上明白這是徒勞的。他完全無視它們的存在，一下子就跨進來了。除非我接過他的病歷本。如果不是堅持自己的原則，我真想讓人把這個傢伙收治起來。他不知道我這是在對他負責，對職業道德和我做人的準則負責。人的精神領域真的是一片神秘地帶，安靜起來，尖銳的冰山也是靜靜漂浮著的，而一旦亂了編碼，就是海水也能熊熊燃燒。當初，正是這種神秘，引領我來到這裡，來到了這個在許多人看來充滿了悖論和混亂的地方。對我來說，正是這種悖論和混亂，才充分體現了人生的魅力。

我不是跟他說得很明白嗎？他絕對沒患上他說的那種病，只是比較頑固的神經衰弱纏上了他。最多，看看心理門診就能解決問題。像他這種職業的，神經衰弱的很普遍。甚至可以說，也是他們的職業病，譬如紡織工人，他們的職業病往往出在上肢，而煤礦工人，他們的職業病往往出在呼吸系統。幹他這一行的，職業病只能入侵他們的神經系統啦。

後來，他遞給我一張名片。於是我知道他不但是一個公務員，還是市報的通訊員。我裝模作樣地看了看，把名片放進抽屜裡。這完全是出於禮貌。名片我接過許多，只是這個什麼通訊員的名片我還真沒接到過。他是什麼意思？想用報社的名頭來嚇我啊？太小瞧我了吧。我差點告訴他，我有幾個朋友就在報社或雜誌社，有的還曾經是我的患者。我以前寫過一些詩歌。在朋友圈子裡，他們叫我詩人。雖然我早已不寫詩了。彷彿寫詩類似於小偷，做過一次，就被別人記住了。

現在，他的嘴又在不停地蠕動。我不聽也知道，他說的還是那些事情。什麼頭痛氣短反應遲鈍之類。他這個人有點黏糊糊的，恐怕誰被他沾上都有點煩。像他這種情況的，大抵是懂得一些疾病方面的知識，然後努力說服自己得了某種病，並且越想越覺得是那麼回事。這不過是一種普通的心理暗示。一個身體健康的人，如果讓他看兩小時醫學方面的書，他也會慢慢覺得自己的某一個部位不舒服。現在無論是報紙還是電視，都在叫囂美容保健，其實結果完全相反，它使得人們心理緊張，自疑自危。這個人，說不定他自訴的那些症狀都是從網上「下載」的。如果說，網上的那些知識是衣服的話，他就迫切地把它們厚厚地穿到了自己身上。他當然不是希望自己得病，而是急切地渴望治療。

他停頓了一下，彷彿在察看我的反應，然後嘴又開始蠕動；我盯著他的嘴。這樣，他的嘴就在我眼中放大。我發現，如果把人的某一個具體器官放大，是很好笑的，看上去有些荒誕，哪怕是美女的眼睛。有一次，我試著這樣觀察了一次，結果發現，那個美女的眼睛就像以前我在學校上生物課時，從顯微鏡裡看到的草履蟲。我又看她的耳朵，結果發現獨立於整體之外的耳朵毫無道理。在這方面，人跟其他生物有很大的不同。譬如一片葉子，不管怎麼看它都是美的。一粒沙子也是這樣。它們都有著相對的完整。而人沒有；人對整體的依賴性更強，或者說，人是整體的動物。

我朝裡讓了讓。從那個荒誕器官裡偶爾飛出來的唾沫噴到了我臉上。他的嘴巴張開的時候，我可以清楚地看到他牙齒反面的黃垢。牙縫裡或許還夾雜著菜葉。他的牙齒長得不是很工整，兩顆門牙之間有一定的縫隙和狹長的陰影地帶。不過他似乎意識到了自己很不雅觀地噴出了唾沫星子，便掩飾了一下，亡羊補牢似地捂住嘴巴。有那麼一會兒，他就用手掌半掩著嘴巴和我說話。

我再次瞅了瞅病歷本上的名字：禹漱敏。或許，應該讓他說下去，而我也就裝模作樣地把它們記下來。應該說，是他的名字啟發了我。由他的姓我想到了大禹治水的典故。治水關鍵在於導而不是堵。

他吞吞吐吐說的「那種病」就是精神病。具體說來他懷疑自己得了抑鬱症。可我並不認為他得了抑鬱症。當媒體在宣傳這個時代很多人的身體或精神都出了問題時，很多人便真的以為自己有了各種各樣的疾病。這本身就是一種社會病或集體病。

看到我終於拿過他的病歷，他的眼睛裡放射出如釋重負的光芒。有那麼一會兒，我幾乎被那光芒感染。他輕鬆下來，又開始了喋喋不休的述說。

精神疾病學認為，患了某種精神疾病的人，往往不會承認自己有病，而像他這樣自知力良好又求治心切的，是絕對沒患上這種病的。這是我拒絕收治他的原因之一。如果醫院裡有誰問起，我可以拿它來冠冕堂皇地抵擋一陣。

2

我承認，我剛才走了神。他的述說太冗長了，而且囉囉嗦嗦的。他說的那些事，可以說幾乎什麼地方都有，沒什麼新鮮特別的。如果他這樣的都可以算做精神病症的話，那很多人都要被送進精神病院。對此，我跟導師的觀點大不相同，他認為控制精神疾病的關鍵在於早發現早治療，而我認為，既然是人們的生活出了問題，那首先要解決的是生活本身，譬如河水被污染，你把魚撈出來清理它體內的毒素並不能從根本上解決問題，你終究還是要把它放回去，這樣，它馬上會被重新感染。但清理一個人的生活，並不像清理河水那麼簡單，何況水流污染本身，現在也是日益突出的問題。那天看報紙，相關資料說，有將近四分之一的中國人在飲用被污染了的水。

我不是社會學家，但我總覺得單純地治療精神疾病，並不能控制它的蔓延。至少，應該讓患者在生活中慢慢戰勝病毒，產生抗體。我認為這樣更有意義。正因為這個原因，我才不輕易收治病人，我希望他們能放棄對藥物和醫學的迷信。我知道，這種想法，是不受歡迎也是不合時宜的。在這方面，我和導師分歧很大。導師說，我們只是醫生，是自然科學工作者，不應該把自然科學和社會問題混為一談。有一次，我們終於因為這個問題發生了激烈的爭吵。他顯然是對我失望了，氣得發抖，指著我的鼻子說，梁康蒙，我沒有你這個學生，你給我出去！

本來，導師是很看重我的。他本想讓我做他的接班人，日後成為跟他一樣的權威。他胸懷開闊，不像許多腐舊的教授那樣容不下人，用險惡卑劣的手段去對付比自己有才華的同行或後來者，直等對方成為庸才或廢人而後快；他不會那樣。他非常關心年輕人，經常俯下身來傾聽我們的意見，為我們的研究提供種種便利和支援。有時候，為了學生的利益，他甚至會和行政管理或後勤人員發生爭吵和衝突。他是一個德高望重的人，愛恨分明的人，嫉惡如仇的人。有一段時間，無論在做人還是學術上，我都把他作為楷模，就是現在，我也依然在一定程度上保持著對他的尊敬。那是對父親般的感情。讓我對他產生更深一層認識的，是有一次，他跟我們說，歷史是時間的歷史，即使你們中間日後有人超過我（那是絕對的，對此我深信不疑，不然人類社會不會發展），但不管怎麼樣，作為前輩，我是要永遠排在你們前面的，誰也不能抹去我的名字。說著，他笑了起來。不知怎麼的，他的笑容忽然讓我覺得有些庸俗和功利。就像我仰視的雕像忽然剝落了金燦燦的外表露出了裡面的敗絮。他的先後論讓我覺得他在本質上仍是一個市儈，只不過比一般市儈更高明，隱藏得更深。就像前不久從電視裡看到的，一個貪官的贓物被拍賣，場面竟是出人意料地火爆，記者採訪一位投注了鉅資的買主，他沒有透露身份和姓名地說道：「這個人雖是個貪官，可他已經進入了歷史，進入了歷史的東西毫無疑問都會升值。」

因為和導師鬧翻，我失去了留校的機會。我知道，其實我這個人更適合做純粹的研究工作。導師也深知這一點。如果有條件的話，我會很快把許多陳腐的研究遠遠拋在身後。我將標新立異，一枝獨秀。導師害怕了，他甚至開始在暗中阻撓我進入其他研究單位。有幾次都是這樣，當天見面談得好好的，對方答應接受我的求職，但第二天就變了卦。這時我才深切地體會到權力不僅僅存在於官場，有時候，一個學者（確切的說法是學霸）的權力比官員更大，帶來的破壞也更可怕。最後還是他老人家手下留情，沒有把我當作落水狗痛打，我才得以到這家精神病院來上了班。

我知道導師的言下之意。他不想我再搞什麼研究，只讓我把學到的知識當作手藝混碗飯吃；他要我為自己無視某種秩序付出代價。

奇怪的是，我一旦離開導師，反而對他十分懷念起來。我不知不覺用他的眼光來打量許多事情。譬如眼前的這個人，他是否真的患上了憂鬱症？按導師的觀點，有一定自知能力並主動求治的人是還沒有患上精神疾病的，最多，他們不過處在邊緣或臨界狀態。現在，從某種意義上說，我在努力維護他觀點的正確。

導師不是唯利是圖的人，他骨子裡有知識份子的節氣。他不會同意我像醫院裡的其他醫生那樣，為了創收就急不可耐地把人收治進來。他嚴厲而有潔癖。他的這一點不知不覺影響了我。從這個意義上說，我懷念他；哪怕是他的責罵，現在想起來也充滿了溫情。他很想叫他一聲父親。一個被父親放逐了的人，往往更懷念父親。

我們這所醫院原先地處郊區，彷彿和病人一道，也被城市和人群放逐了。隨著城市化進程的加快，從地理上來說，它早已處在城市的中心位置。但奇怪的是，儘管它的周圍都很熱鬧，是鬧市區，好幾家大型超市和酒店就在附近，離公園和購物市場也不遠，可就是精神病院所在的這條路，十分僻靜，一路走過，難得碰上幾個行人。到了晚上，「××精神病院」幾個暗紅的大字像幾個精神失常的人蹲在半空俯瞰著這個城市，說不定什麼時候會從上面大吼一聲跳下來。晚上，這裡曾發生過好幾起搶劫和殺人事件。因此即使是白天，也顯得有些陰森。路兩旁基本上是高高的圍牆。那些單位或居民區都把屁股朝著這邊，路邊即使有一兩家小店也是半死不活的，在醫院大門斜對面，一家理髮店和一家飯館、一個垃圾站竟然緊密地挨在一起。看似毫無道理卻又很有道理。從路邊朝醫院裡望去，可見病房區的有密密鋼筋格子的窗戶。偶爾還有高聲大叫。除了精神病院，院子裡其實還有兩家單位：心理康復中心和戒毒中心。但這似乎使得情況更為嚴重了。

院門口常年蹲著一個打爆米花的老頭，幾乎一年四季都在那裡，看上去像個臥底。在這裡，似乎每個人的眼神都有特殊含義。如果一個陌生人朝你笑，你會認為他是傻笑。如果你朝陌生人笑，別人也會認為你是傻笑。一個人在這裡蹦蹦跳跳，別人會以為他瘋了。和每一個不認識的人擦肩而過，你和對方都很緊張。難怪行人走過大門時眼神不免特別警惕，腳步飛快，彷彿擔心忽然從裡面沖出一個瘋子。就像我每次去參加朋友的聚會，如果我跟人家說，我是精神病院的醫生，對方馬上會不安地打量我一眼，彷彿怕我帶去了什麼恐怖病毒。有的人直截了當地對我說，遲早你也會得上精神病的；精神病就是你們的職業病。他不無深刻地說。憑心而論，他的話也不無道理。人心就好像一口深井，靠得太近了，就會被裡面的濕氣和寒氣侵擾。譬如佛洛伊德，他為什麼那麼固執地認為人的一切活動甚至包括夢境跟性緊緊相連？這本身就是一種偏執狂或強迫症。至於從事精神活動的作家、藝術家，患上精神疾病的更是不可勝數。現在，搞心理諮詢的人多起來了，我的一個朋友就是從事這一行的。他幹得很好，可以說很優秀。他不但看相關的專業書籍，還讀了佛洛伊德、榮格、馬斯洛和笛卡爾，甚至杜思妥耶夫斯基和茨威格的小說也讀了不少。他解決了許多人的心理困惑。有一個多次自殺未遂的臺灣少女也在家人的陪同下慕名前來。但前不久他忽然洗手不幹了。他說再幹下去他自己的心理絕對會出問題。譬如他在給一個暴露癖患者做治療時，他自己也不知不覺流露出暴露傾向；給一個竊物癖做治療，結果他在超市裡差點做了一次小偷。為了讓自己遠離心理魔場（他是這麼說的），他把多年來辛苦搜藏的書籍全部當廢紙買掉，出去旅遊了很長一段時間，回來後臉上曬得黑黑的，人也長胖了不少，好像脫胎換骨，從此對人的心理問題閉口不談。

實際上，精神病院的情況正是如此。從我進來上班到現在，我發現我的那些同事看上去倒比前來就診的患者似乎病得更厲害。他們往往誇大其辭，把患者嚇得魂不附體。他們跟其他醫院的醫生一樣，首先考慮的是怎麼讓自己的腰包鼓起來。恨只恨，目前還沒有給顱腦開刀來治療精神病的技術（據說塗榮廣主任已著手了這方面的研究，他從有的地方開始試著從人的複雜大腦皮層裡找到嗜煙或嗜毒神經、把它們切除以此來幫人戒煙戒毒獲得成功受到了啟發），不然他們大概也要患者家屬排隊遞上紅包。反正有一點，他們是輕而易舉就可以做到的，那就是，把每一個前來就診的人都當作事實患者收治起來再說。

我不會那麼做。雖然我為此要得罪許多人，損失很多獎金。我不認為藥物治療能從根本上解決問題。不管是奮乃靜、地昔帕明，還是阿米替林、氯丙嗪。患者的家屬急切地望著我，醫院收費處的黃阿姨也在焦急地等著我（她好心地提醒我開的方子是全院最少的），現在眼前的這個人也是這樣，可我仍遲遲沒有下筆。我在他的病歷上記下了他的症狀，但我並不想給他開方子。像他這樣的人，很容易對藥物產生依賴。甚至，現代藥業的險惡用心就是讓人們對藥物產生依賴。在我們的生活中，已經有多少人藥不離身。

但這個人，已經讓我產生了一點興趣。我覺得他還不失為一個清醒的人。當然，清醒的人會比糊塗人有更多痛苦。其實在很多時候，我不願意扮演醫生的角色，與開藥方的醫生相比，我更願意做一個傾聽者。傾聽人們內心深處的聲音。那些聲音，不仔細聽，是很容易被忽略的；傾聽也是醫療的手段之一。

現在，適合於傾聽的空間越來越少。單位上沒有，家庭裡沒有，酒吧裡要收費（而且收費還不低）。我去過幾個酒吧或茶座，結果發現那裡比其他地方更吵，鬧哄哄的，不是在打牌就是在瞎起哄。更別說有的地方還是赤裸裸的調情和欲望表演。或許網上倒是一個好去處，每個人都戴上耳機，沉浸在自己的世界裡，向不知名的人傾訴。因為互不相干，反倒無所顧忌；這真是最有代表意義的時代橫截面。

那好，我就來做一個傾聽者吧。

3

斜對門的塗榮廣塗主任曾幾次過來，暗示我把這個人交給他。剛才，他高大的身影又在門邊閃了一下。他的高大和撒手站立的樣子，總讓我產生一種錯覺，以為他手裡拿著一把大剪。

我第一次見到他是在幾年前，也就是我來精神病院上班的時候。他也是這樣站著，我剛進大門就看到了他，好像他在那裡等著我的到來。事實上，我們並沒有說話。我朝他點了點頭，他也朝我點了點頭。這大概跟精神病院的特殊環境有關。那天他沒穿白大褂，這使我一時不能斷定他的身份。自然，他看我的眼光也有些疑惑。但他是那種讓人一見便產生了好感的人。他長相英俊，臉部輪廓分明，再加上個子高大，便顯得氣宇軒昂。說實話，跟他相比，我有些自慚形穢。如果我跟他走在一起，異性的目光肯定會完全拋開我而直奔他。這種自卑感從我的青春期開始便在折磨我。

毫不客氣地說，我還真有些嫉妒他。我的形象，這輩子註定和英俊、偉岸這樣的辭彙無緣。我身高只有一米六五，五官雖不失端正，但眼睛不大，鼻樑不高，額角不寬敞。按我鄉下老家的說法，男人的眼睛要大而有神，鼻樑高才能出人頭第，額角寬的人聰明。有時候我想，如果我的額角寬敞一些，我會和導師吵架嗎？即使要吵，也可以等畢業以後吧，那時就不叫吵架，叫學術爭鳴，導師也可以很有面子地說，我是在繼承中創新，把他的學術觀點發揚光大。研究生畢業那一年，我已經三十歲了。隨著年齡的增長，我有了禿頂的跡象，經常會有幾根頭髮掉下來，這時，跟我在一起的女人便驚叫起來，說，你掉髮了。我卻暗暗高興。因為我發現，脫髮使我的額角漸漸寬敞起來，看上去有了智慧的閃光。

塗榮廣當時是醫院裡最年輕的醫生。我的到來讓他欣喜若狂，他說他快要被那幫老傢伙逼瘋了，這所精神病院簡直可以改為敬老院了。他還告訴了我許多發生在這裡的醜聞，譬如一個漂亮的女患者在住院半年後居然懷了孕，肚子鼓起來了。一個老頭半夜被人掐死。一個患者在做電擊治療時突然心臟病發作。一個老醫生在和另一個老醫生吵架時咬斷了對方的手指。一個女護士忽然發瘋。清潔工在廁所裡撿到了一個剛生下來的嬰兒……他說這幫老傢伙都是迫害狂。有一個天天跟在院長後面，好像是院長的乾兒子，其實他的年齡比院長大得多。後來才知道，老傢伙是想承包醫院裡的食堂。在他承包食堂後，經常有病人家屬來找醫院吵架，說不把患者當人看。你猜他說什麼？他說，他們反正是精神病，吃一塊好肉和吃一塊壞肉、吃一塊蘿蔔和吃一片菜葉對他們來說有什麼區別？

有一段時間，我和塗榮廣幾乎成了無話不談的朋友。說實話，我和那些觀念陳腐的老醫生也沒有什麼話說，他們對人的精神世界有偏見，把「精神病」看作是貶義詞，頑固地以為藥物可以從根本上解決精神病人的所有問題，以為患者服了藥便會脫胎換骨，重新做人。他們說，治療精神病比治療其他病更簡單，只要對症下藥、讓病人乖乖吃藥就行。但誰能肯定，他們的診斷是正確的呢？有時候，他們甚至是用藥物去作試驗劑，以確定病人到底患了哪種病，完全顛倒了因果關係。彷彿藥物是ＰＨ試紙，遇酸變紅，遇鹹變藍。他們從來沒意識到，藥物也是一種暴力。對，這就是我的觀點。除了電擊和使患者服用藥物，他們對許多新知識幾乎一無所知。他們甚至連老佛洛伊德都拒絕去瞭解，不肯承認許多複雜的精神問題已經來到了我們的生活當中，而認為它僅僅是西方的社會問題。他們缺乏同情心，無論病人的心臟在多麼劇烈地跳動，他們都感覺不到，或拒絕去感覺。我不能忍受一個醫生對病人的隔膜和輕視。我隱約覺得我和塗榮廣之間有某種相通的東西，可引起共鳴的東西。一個人因青春期的逆反心理導致的叛逆不算什麼，難的是一輩子都在叛逆。那要有年輕、堅強的心態和相當的勇氣。我和他在一起談了許多對社會和人生的看法，有那麼一剎那，我是引他為知己的。他十分健談，他的語調裡有一種迷人的東西。或者說，一種磁性。一種煽動力。他是一個充滿了激情的人，每說到精彩激動處，往往手舞足蹈。他大腦裡的想法，就像夏天的溫泉一樣往外冒。每有了一種新的觀點，他便迫不及待地跑來告訴我，然後兩手揮舞大談特談一通。如果說有一種人天生不是做群眾的，我想他就是一個。他說，實際上，他在大學裡讀書時，就一直擔任著學生會的主席。他是陰差陽錯入了學醫這一行。本來，他有更好的發展空間，但高考填志願的時候，一字之差讓他成了一個精神病院的醫生而不是其他。他說，一個醫生的力量太有限了，他更喜歡做行政工作，或一呼天下雲集的學者。我完全相信他在這方面的能力。他說他這人，從小就組織能力強。他可以讓許多個子比他高、年齡比他大的人乖乖聽他指揮。他說，如果你想對社會有所貢獻，僅僅站在那裡發表意見是沒用的，那還要看別人聽不聽，不聽，你就是放屁。我驚訝地瞪大了眼睛，他撇了撇嘴，說，你看你，典型一個文弱書生，一個詞也把你嚇成這樣，你忘了領袖的詩詞裡就有一句「何須放屁」，這叫領袖風度，大俗大雅。我的臉騰地紅了。他繼續說，所以如果你真的想改造社會，就得掌握權力，掌握舵把。他現在的想法是，先把院長趕下臺，做幾年院長後，再當上全衛生系統的領導，達到一定級別後，就可以參加政界的選舉。我認為他有些脫離實際，他批評我沒有想像力。他說，只要你有想像力，就沒有辦不成的事，所謂國家、政黨、權力、統治，等等這些，本身就是超常想像力的產物。他一邊說一邊又發了幾句牢騷，並隨手從書架上抽出一本書來朝我揚了揚，淡黃色封面，是馬斯洛的《自我實現的人》。這本書我也看過。很多人都看過。當時在大學裡很流行。他說，就是牢騷，也有高級牢騷和低級牢騷之分，現在我發的是高級牢騷。

他跟我說，現在，他要和院長作鬥爭了。不過他又說，在和院長鬥爭之前，他要先利用院長把他升上去，取得一定的職務，一個普通醫生跟院長鬥，那不是以卵擊石麼？如果他是院務委員，那就不一樣了。他說，如果我對他的做法不怎麼習慣，請我務必理解，因為他現在所做的一切，不過是為了使自己的拳頭更有力量。說著，他做了一個出拳的動作。沒想到，我的到來激發了他的上進心和鬥爭意志，這真讓我受寵若驚，以為自己是火種。

他說幹就幹。此後，我經常看到他也跟在院長屁股後頭，點頭哈腰的。看到了我，他就朝我做鬼臉，好像我是他的同謀。無論大會小會，院長每次發言，他都帶頭鼓掌，認真做筆記。幾個老醫生朝他乾瞪眼。一有空，他就往院長辦公室跑，主動跟院長彙報工作。有幾次，我看到他在偷偷讀《職場孫子兵法》、《你想提升嗎？》之類的書籍。沒多久，他的努力就立竿見影初見成效；他入了黨。即使有一個老黨務委員強烈反對，義憤填膺地說不允許塗榮廣這樣的投機分子混進黨內玷污了黨的純潔，可他的預備黨員還是通過了。不久，原來的科室主任退休，塗榮廣順利當上了主任。

他當上主任後，有一次我叫他的名字，他居然沒有答應。我以為他沒聽清楚，又叫了一聲，他回過頭來，眼睛裡似乎充滿了責備，於是我明白，他怪我直呼其名，而應該稱呼他的職務。我感到好笑。以後，如果我叫他塗主任，他馬上會答應，如果我叫他名字，他還是裝做沒聽見。他私下裡跟我說，老兄啊抱歉；我冷笑了一聲。

我後悔曾經跟他談了那麼多比較隱私的東西，譬如我對某個人的看法，我以前的情感經歷和現在的私生活。現在，它們就成了我的罪狀和某種把柄；我永遠是一個幼稚的人。果然，沒過多久，我的這些事情就已經添油加醋地被許多人知道了。

創收的主意正是他向院長提出的。當然，如果他不提，也會有別人來提。他說現在是市場經濟時代，市場經濟是無所不在無堅不摧的，市場經濟是檢驗一切的標準。他建議引進普通醫院或其他領域的先進經驗，實行相應的分紅和獎懲制度。

他的提議得到了其他醫生尤其是老醫生們的歡迎。他們說，如果這個制度能實行，那對他們的工作是莫大的鞭策和鼓勵。這個年代，賺不到錢就是無能。原來，他們早已在暗中摩拳擦掌了。一個老醫生興奮地說，我們不能再守株待兔，要主動出擊了，現在生活節奏這麼快，很多人適應不了，精神容易出問題，不治療怎麼行，社會不就亂了套嗎？一激動，他們手上的老年斑，就在賁張的靜脈血管上跳舞。

院長看到老醫生們也很歡迎，立時斷定這是一個好制度。新老醫生之間的鬥爭一直是一件讓院長頭痛的事情，沒想到，現在輕而易舉地把它解決了。院長當即拍板，從下個月開始醫院裡實行創收制度，每個醫生都必須完成一定的治療指標，沒達到指標的，除了扣除當月獎金，還要扣除年終獎的一部分。此項制度不局限在院內，還輻射到外面，譬如和一些單位建立友好的合作關係，成立理事會等等。

可是我，依然對醫院裡能否把一個人的精神疾病徹底治癒表示懷疑。我願意和他們交流，以便進入他們黑暗或白亮的精神世界，把藏在某個陰暗角落裡的死結悄悄打開。我相信我會找到它。我知道這和醫院裡新訂的獎懲制度相悖，可我不在乎。我也會給病人適當地開一些藥，但藥物僅如夜行的路燈，並不能起到太陽的作用。我極少讓病人住院，生活在病人的世界裡，正常人都會有病態，何況是已經有病的人呢？只有到日常的生活中去，才更加有利於他們的康復。

所以，即使塗榮廣再三暗示甚至威脅我把這個人交給他，我也不會答應。

4

我拉開抽屜拿出剛剛放進去的筆記本。我忽然想起那天碰到的那個特殊的病人，還沒有把他的情況記下來。

那次去參加朋友們的聚會，一個剛認識的寫小說的朋友說，其實最有資格寫小說的應該是我，他建議我把一些有意思的人和事記下來。

他的話啟發了我。或者說「引誘」了我。我想，這的確是一件有意思的事情，把一些典型病例收集起來，以後，可以寫一部活生生的書。我越來越討厭那些所謂的專著了。我決不會為評職稱寫什麼東西。

職稱真是一個了不起的發明，它可以形成一種等級，放之四海而皆準。人是追逐等級的動物，永遠處在由下向上的臺階上，總要爬到最高一層才鬆一口氣。可是，那裡究竟有什麼？我拒絕評職稱，拒絕填表，拒絕為評職稱發表論文。

我的職稱還是自然形成的初級職稱。而比我後來的人有的已經是專家了。我不想被人稱為專家。那是一種諷刺。我知道那些所謂的專家有多少是真東西。一個親戚帶老婆來省城醫院裡看病，問我有沒有熟人，我說沒有。我擔心他們被醫生騙了，還是跑到車站早早等在那裡。到了醫院，他們要掛專家號。我說掛普通號就可以了。他們還在猶豫，我說，不要迷信什麼專家，譬如你在學校裡，一級老師是不是比二級老師或三級老師會教書呢？他說那倒不一定，一級老師不過是個職稱。我說，這專家也不過是個職稱。

塗榮廣也早已是專家了。雖然他的診察室在我斜對門，可他那裡是專家門診，醫院可以理直氣壯地多收幾塊錢，他也可以名正言順地多得幾塊錢。他的那些論文是哪裡來的，誰都知道。這幾乎是公開的秘密。但沒有人指出這一點。指出來也沒用。職稱是由相應機構評定的，非人力所為。如果你要追問到底，會有人這樣跟你說。如果你不追問，就會發現全是活人在忙忙碌碌地辦這些事，而不是機構。許多事情也是可以超越制度的，譬如表格和證書可以偽造，年齡可以修改。有時候，一個人可以代表一個機構，或者說就是一個機構，而在另一些時候，你在一個龐大的機構裡卻找不到任何一個人。關於這一點，我通過一個人的遭遇多少知道了一些。他是我一個高中的同學，那次我回老家聽說了這件事；他女兒在騎自行車上學的路上，被一家單位的卡車撞倒，導致雙腿截肢。為了找那家單位要個說法，同學為此事奔波了好幾年，依然沒什麼結果。出事後不久，那家單位換了領導，同學去找他，新領導說這屬於前任的遺留問題，須從長計議。後來再去找他，發現那家單位已經改了名。那些面孔你都見過，可人家說，你找他已經沒用了，因為他們跟那個單位已經無關了，他們已經是另一個單位的人了。這樣的事情既荒唐又再常見不過。再譬如，城管在執法的時候，如果他打了人，有關部門說這僅僅是他的個人行為，批評教育或向受害人道歉就可了事，可如果你打了他，那就不得了，會說你是在抗法，你侵犯的就不是他一個人而是一個單位一條法規或整整一個系統。

這是令人恐怖的。我經常為這樣的事情恐懼。走在大街上，我不知道哪些人僅僅代表他個人，哪些人代表的是一個部門或一個組織。

讀研究所的時候，一次，我和同學到一個朋友家裡看《七夜怪談》。朋友說這是一部很恐怖的片子，要我們作好思想準備，據說有的人看了之後不敢睡覺，老盯著電視機，擔心會從裡面先伸出一隻白手，再爬出一個長髮遮臉沒有五官的女鬼來。我們就懷著一種冒險的精神高度緊張地看了起來。小時候，我看的最恐怖的一個電影鏡頭是，一個女人被掐死在一個黑暗的房間裡，有人把蒙在她臉上的布揭開，讓我們看到了兩隻空洞的張得很開的眼睛。加上特殊的光處理，很嚇人。現在不知道這個電影恐怖到了什麼程度，好在我們中間沒人有心臟病，不必擔心出什麼危險。這部電影裡有個細節是，那些被害人在死之前都接到過一個神秘電話，拿起話筒來沒有聲音。女主角在接到這樣一個電話後，就知道死神離她已經不遠了。在看的過程中，我們一直在等著那個最恐怖的鏡頭出現。為此我們做好了種種準備：朋友把遙控器抓在手裡，預備著當我們的心理不能承受時及時關機；膽小的××把屁股下面的凳子往後移了移；×××故意地大聲地說話；但是，影片放完了，朋友也還沒有找到及時關機的機會。雖然有一兩個鏡頭比較嚇人（譬如電視裡爬出人和井下面那一段），但總的說來，不過如此。我們互相看了看，鬆了口氣。正在這時，電話鈴聲響了起來。因為是靜夜，聲音十分洪大。在朋友穿過凳子之間的縫隙去接電話的時候，我們還開玩笑：說不定就是剛才那個女鬼打來的。朋友笑了笑，拿起了話筒。他的笑一向是恬淡的。忽然，他臉上的笑容凝固了，話筒差點從他手裡掉下來。他說：誰？怎麼沒聲音?!

頓時，我們感到一種神秘的東西正在向我們逼近。屋子裡陰森森的，我們的頭髮豎了起來。在電影裡，電話鈴聲響起時也是在當事人看了一捲錄影帶之後。一時我們分不清哪是電影哪是我們的生活了。恐怖從電影裡延伸出來，就像水從地面不斷上升。朋友拉著我們打了好幾圈撲克才肯讓我們走。他說，你們不能扔下我不管啊。那時他還是單身。期間電話鈴聲又響了一次，他沒敢去接，後來又把線拔了。

一夜我們忐忑不安，擔心真的會出什麼岔子。誰也不能否認，生活中有神秘的事物存在。第二天，我吃完早餐就給他打電話，還好，他已經把電話接上了。他的聲音雖然像一條蟲子，軟綿綿的，但還活著。我這才鬆了口氣。

說到恐怖，有一段時間，我專租恐怖片來看，彷彿是為了考驗一下自己的心理承受能力。譬如《七夜怪談》、《異形》、《吸血鬼》等等，但無一例外，它們都讓我失望了；它們並沒讓我感到恐怖。與實在的世界相比，它們不過是作了一些簡單的變形。就好像那些關於外星生物的電影，不管怎麼變，都沒脫離人的影子。還有那些改變了基因的螞蟻，不管多麼巨大，也還是螞蟻。

其實，真正令我們感到恐懼的，不是古怪的、變形的、神秘的東西，而是那些日常的、暴露的、公開的存在。譬如，一個和你相當熟悉的人，有一天你們在大街上相遇，他卻忽然不認識你了，無論你怎樣喊著他的名字搖著他的肩膀都無濟於事。再譬如你發現許多人在認認真真勤勤懇懇地做著同一件虛假的事情。有一座奇妙的建築，神色各異的人們進去後，出來卻是同一種表情，他們說完全一樣的話，做完全一樣的動作。醫院門口的那個老頭，推著一輛三輪車，一年四季都待在那裡等著誰來打爆米花。老師走進教室對同學們說，請大家拿出紙和筆，把開學以來做過的壞事寫下來，寫的越多越好，說明該同學認識越深刻，思想也就越純潔，品德也就越好。有一段時間，我老做一個惡夢。我在異地，證件全部丟失了。沒有證件，我將作為流竄犯被流放，除非我到原地重新取來相關證件，而現在沒有證件，我又無法穿過各種關卡回到原地……

院長又找我談話。院長說，如果我下個月還不能完成創收指標，院裡將會把我的門診室關掉。他語重心長地說道，康蒙，你知道那意味著什麼嗎？意味著你將失業。

我呼吸急促起來。我的臉像一個結核病人在燃燒。

5

是的，我馬上要失業了。

其實我不想失業。我熱愛這一行。我喜歡在人的精神世界裡探險，喜歡那片幽暗的神秘地帶。那裡充滿了隱喻。而當你一旦找到它的出口，那種欣喜不言而喻。其實我是個有強烈窺視欲的人。小時候，我就曾偷看過姐姐洗澡。姐姐十五、六歲的時候，就已經發育得很好了，胸前兩隻「骨朵兒」把粗布衣服悄悄頂起來。有一天，她在外面勞動回來，衣服都汗濕了，緊緊貼在身上。她打來一桶水，倒在廂房的木盆裡，開始洗澡。我本來在做作業，這時我快小學畢業了。可聽著嘩嘩的水聲我做不下去，鬼使神差地我站起來朝房門走去，把眼睛貼在門縫邊可恥地張望。我看到了一道白色閃電。姐姐感覺到了什麼，她警覺地問：「康蒙你在幹什麼？」

我說：「我在看你。」

姐姐在房裡哭了，她說你走，走得遠遠的。

姐姐哭了很久。她沒有告訴別人，但從此，她對我就沒有以前好了，總是警覺地保持著一段距離。

這種態度一直持續到她出嫁。

姐姐嫁給了一個鄉下醫生。我不能想像那個醫生用一雙枯瘦的、被香煙熏乾的臘手在姐姐好看的身體上摸來摸去。姐姐之所以嫁給他，是因為有一次姐姐病得很厲害，那個醫生說，他必須給姐姐做一下全身檢查。於是他把我爹娘關在門外。不久姐姐就嫁給了他。

這件事使我充滿了嫉妒和憎恨。我不明白，我偷看了一眼姐姐洗澡，她便視我如仇人，而這個臘手醫生看了她的身體，她卻嫁給了他。這種邏輯幾乎讓我瘋狂。

於是我暗暗決定，將來一定要做醫生，並且一定要比那個被我稱做姐夫的人做得好。

兩年前，姐夫為一個人治蛇傷，出了醫療事故。鄉下人把生理鹽水叫做葡萄糖，認為那是最有營養的東西，身體差的人總要從他那裡弄一瓶放在家裡，偶爾喝上幾口。不管什麼樣的病人，姐夫也總要先給人家吊一瓶鹽水，果然，大家看到病人的臉色頓時像枯葉吸水般舒展開來。那天一個人被蛇咬了，我們那裡毒蛇不多，蛇咬人的事情也比較少見，即使被蛇咬了，敷點草藥就會好，但那個人不肯敷草藥，要到診所裡吊鹽水，結果蛇毒很快侵入血液並運行全身，當天晚上就死了。姐夫為此把家產賠了個精光。現在他們開了一家小雜貨店艱難度日。姐夫一看見針頭就打哆嗦。他們的兒子在縣城讀書，成績也不好，女兒則早已輟了學。那年春節回家，看見姐姐，發現她老了許多。聊天時，我跟她提起小時候偷看她洗澡的事，我一直想向她表達我的歉意，請她原諒我當初的無知。終於說出來了，我如釋重負。誰知她茫然地搖著頭，說，有這回事麼？

我為這件事羞愧負罪了好多年，可是，姐姐居然早已把它忘記了。

類似的情況還有，譬如前不久我參加的同學聚會，我們大學畢業已整整十年了，很多同學自畢業後便沒有再見面。我懷著熱烈期盼去參加。去的前夜，我甚至失了眠。我想起了那些美好的青春時光。不管怎麼說，大學生活畢竟是一個人生命中嶄新的一頁。一種前所未有的體驗，一種飛翔之感。待同學見面後，我卻感到十分失望。想像中的激動和熱烈的場面沒有出現。混得好的同學（不用說，是以級別和資產為標準的），都在那裡高談闊論，混得不怎麼好的，只管在那裡埋頭打撲克牌，好像參加同學聚會就是為了打撲克牌似的。我又感到了那種難以言傳的孤獨。後來聽說，這次聚會本身就是由幾個級別或資產可觀的同學組織的。他們不過是想多找一個釋放優越感的地方。這時，我看到一個女同學也有些孤獨地坐在那裡。我心裡一動。那時，我還悄悄喜歡過她，我知道她對我亦不無好感。但那時她已經在跟外系的一個同學談戀愛。我還記得快畢業時，她掩面哭著跑進教室裡的情景。她失戀了。本來我是正準備去追求她的。情書的腹稿我都已經打好了。我決定要跟那個外系的情敵一決雌雄。可現在她失了戀，我反而猶豫了。我怕別人認為我乘人之危。在畢業酒會上，她故意不理會我跟她的碰杯，似乎在暗示我們來日方長。畢業後，她分在縣城中心醫院，我分在鄉下，相距不遠，但沒再見過面。這時我為她端了一杯菊花茶，過去陪她聊天。我們聊起了以前的大學時光。我忽然產生了某種詩意的衝動。我跟她說，我以前悄悄地喜歡過你。她卻忽然一改剛才的孤獨，令人恐怖地嘎嘎大笑起來，她說你不是開玩笑吧？那時你多大啊？一笑起來，我才發現她的雙頰已經從臉上深陷進去，顴骨突了出來，那些陷塌的肌肉被地心力吸引，全聚到了下巴上。那些笑聲像烏鴉似的嘎嘎震動屋宇。我忙說，對對，我是想跟你開個玩笑。後來在筵席上，她一個勁地踩我的腳，朝我眨眼睛，嚇得我忙把腳提了起來。

但這並不妨礙我悄悄打量她。後來，我懷著惡作劇的心理也還了她一腳。結果，她的上半身立時在桌面上眉眼生動顧盼生輝起來。她坐在那裡像一塊大號蛋糕，豐滿的胸脯在顫動著。我在想，是什麼把這個女人變成了這樣？難道僅僅是時間嗎？

在我看來，人的精神世界和天空在質地上是一樣的。只不過一個幽暗，一個明亮。沉靜下來的時候，我會化作一隻飛蟲，潛沉到自己體內。很多時候，我就看著這只飛蟲在自己的靈魂裡飛翔。從它翅膀上輕微的反光，我可以看清靈魂的某些角落。有的像骨頭，有的像茸毛。對別人和自己的靈魂的探索，正是我的熱愛。每個人的靈魂，就像樹裡面的紋路，它們像河流一樣。如果說木紋是樹身體內的河流，那麼，靈魂是一個人身體裡的河流。靈魂不在人的頭頂也不在周圍，而在體內。它好像書法的筆力，好像詩歌的語感。也許你看不到它的形狀，但你可以聽到它的聲音。我迷戀於這種傾聽。

如果我真的失了業，我到哪裡去傾聽這些內心的秘密呢？到大街上去打聽嗎？人家會以為我是瘋子，說不定還會報警。哈，看來，我要麼是做醫生，要麼是做瘋子。而現在我坐在這裡竊聽，堂而皇之。看起來，這不是窺視，甚至恰恰相反，是為了幫助病人治病。就好像其他醫生在檢查病人的乳房時要求對方解開胸罩，檢查婦科時脫掉褲子。當初，那個臘手醫生就是利用這一點，讓自己搖身一變，成了我姐夫。

這時我才意識到自己的處境很可憐。原來，我一直是依賴單位而生存的。沒有單位就沒有我的存在。從某種意義上說，我也是一條寄生蟲。如果我脫離了單位，誰也不會相信我是一個精神病醫生。這一點跟別的醫生不同。他們脫離了醫院照樣可以生存，而我不行。我就像一隻啄木鳥，只有在樹上才能找到蟲子。

院長剛才從門口經過。他的體態有些發福了。院長是個好人。但嚴格說來，他不一定適合當領導，他是在那種特別提倡幹部年輕化和知識化的年代提拔上來的，完全靠的是業務強；他寫過大量的研究文章。我看過他的藏書和寫在書頁間的讀書筆記；我很震驚，他在那個年代就開始考慮的問題，現在已經成了普遍性的問題。我對自己說，你不要小看了他。為了單位，他放棄了自己的事業；這又是一個悖論。當領導真的對他有好處嗎？在事業的黃金時期，他忽然改弦易轍，這似乎是一個謎。其實在我看來，這根本不是什麼謎。按道理，對院長而言，單位和事業是可以捆綁在一起的，但不知怎麼的，他眼睜睜看著它們分開，並且再也不能重合。有一段時間他煩燥不安，在單位上可以說幾乎達到了專制的程度，動不動就罵人，拍桌子，跟人吵架，為此他得罪了許多退休老職工。因為他們老是神神秘秘地到他面前來互相告狀揭短，這時，他就會很生氣地把他們驅逐出去或拒之門外。他經常失眠。他的研究專案都在那裡懸而未決。可是當領導也是他自己的選擇。如果他不想幹，也沒人強迫他。因為他也想做一個領導，彷彿不這樣便不能完全體現自己的價值。院長終於把業務完全放棄了。漸漸地，他越來越像一個院長。他白天應酬，晚上九點準時睡覺。早上醒來後就坐在客廳裡等小車來接他上班。有時，別人跟他談一個專業問題，他要好久才回過神來。他的日子過得並不省心。好幾次院長的寶座差點被人搶走。有個副院長一直對寶座虎視眈眈，一次趁院長出差，發動「政變」製造了一起醫療事故。一個病人差點跳窗自殺。如果不是事情及時得到了制止，院長就已經下臺了。而像塗榮廣這樣的後起之秀也是處心積慮。他的招數更厲害，那就是，要利用院長這把刀去幹掉所有的競爭對手乃至院長本人。他對這一點充滿信心。

所以我希望，院長能多當幾年院長。

6

這次，我幾乎是親眼目睹了人的精神病毒是如何從一個人身上跳到另一個人身上去了的。它們像是跳蚤。我還記得那天，那做父親的把兒子送來時的情景。那兒子很少或不會說話，但總把嘴巴張著，像是在喘氣。他的臉像某種驚恐的情緒從那裡流逝之後，而留下來的模型。做父親的已經離婚了；老婆紅杏出牆，跟了有錢的男人，被他知道後，便開始了沒完沒了的爭吵和打罵。他是個窮鬼，所以在她面前永遠處於下風。作為一種心理補償，這個懦弱而陰沉的男人，他的陰暗的巴掌便經常在兒子小小的身體上炸響，老婆像狗牙一樣尖銳的指尖也經常劃破了兒子的皮膚。兒子瘦弱的身體成了他們不幸的婚姻生活的戰場。因為這些，兒子的上學也變得七長八短的，沒多久便草草收兵。他們離婚那天，看上去，兒子竟然有些高興。老婆嫌兒子累贅，當然不會要他。她變成了一隻白色小鳥，離了婚，便輕盈地飛了起來，在他們的視線裡越飛越遠，漸漸地，完全不見了。

當父親意識到兒子已經是他唯一的財產的時候，對他反而愛惜了。他打來一桶水，給兒子洗了一個熱水澡。他不相信他兒子是那麼邋遢猥瑣的。果然，兒子在洗澡後，無比地鮮亮純潔起來，令他眼前一亮。但他無法洗去兒子的卑怯，眼神的躲閃，喑啞和一些莫名其妙的舉動，譬如，他會忽然從這一句話跳到另一句話去，或者，他本來坐在那裡好好的，但忽然驚慌不安，好像被誰追趕似的奪門而去，朝著什麼地方奔跑起來。有一次，他甚至在奔跑中把衣服脫掉了。他瘦骨嶙峋的身子好像一根極其劣質的笛子在風中嗚嗚地吹響。

於是，做父親的感到了久違的疼痛。這疼痛的感覺像燒紅的鐵絲鑽進他心裡，讓他既羞赧灼熱又辛酸不已。他暗暗打定主意，不再找別的女人了，就這樣和兒子過下去，盡自己最大能力讓兒子哪怕多一點點幸福；他早出晚歸，加班加點。他弓著背，他的額上有了波浪般的擡頭紋，歲月之船就從那裡鳴著長笛嗚嗚駛過。他的手經常裂著口子，生活的酸氣、鹹氣還有濕氣從那裡滲進去；那些口子經常紅腫著。雖然還是那麼吃力，對付生活，就好像拿一尺布去做三尺長的衣服，但總的來說，比以前踏實和安寧多了。他希望兒子經常露出睡在泥土裡的番薯那樣碩壯滾圓的笑容。

當兒子跟他差不多一樣高的時候，兒子主動要求到街邊的理髮店當了學徒。做父親的感覺手裡的一根線動了動，被拉緊了，但他也明白，那根線遲早是要放的，所以他就試著放了一點點。兒子幹得很賣力。做學徒是很辛苦的，但可以學到手藝啊，所以他狠下心來讓兒子繼續做學徒。兒子比以前變得開朗了一些。有時候，他回來會高興地說，他今天學到了什麼，或是，師傅讓他握了剪。兒子的眼睛裡是驚喜和還有些膽怯的得意。兒子的表情使他心疼不已，現在他明白了，童年對於一個人的成長來說是多麼重要啊，如果一個人在童年沒有幸福，那麼他一輩子都不能真正地感到幸福。童年是人的一隻腳，如果得了小兒麻痺症，它就會永遠地萎縮。

沒多久，兒子在給一位顧客洗頭時，不慎把洗髮水灑到了顧客身上。那大概是一件名貴的衣服，那個人十分憤怒，給了兒子一巴掌。其他店員紛紛向顧客道歉，可那位顧客並不領情，要兒子賠他的衣服。師傅氣極了，也只好給兒子來了一巴掌。兒子眼裡滿是淚水。可兒子到哪裡去拿那麼多錢呢，聽說那件衣服要幾千塊錢。回來，兒子又不敢跟他講。那個顧客還在一而再、再而三地來找兒子要錢。那件衣服他是真的不要了，脫下來扔在那裡。所以兒子看到有人進店就不禁一陣哆嗦。他就更經常地把洗髮水弄到客人身上去。也就更多地挨了打罵。終於有一天他什麼人也不顧逕自向外面走去，師傅在背後喊他他也沒聽到。

做父親的聽到消息的時候，兒子已經在大街上脫了衣服奔跑。他趕上兒子把衣服披在兒子身上，但兒子已經認不出他來了，只是在不停地自言自語：我沒錢賠，你看，我已經把衣服脫了，我什麼也沒有了。他這才知道事情的經過。

理髮店是不會負責的。他們說，你兒子還損害了我們的聲譽呢，現在生意比以前差多了，以前我們多火紅。做父親的本是個懦弱的人，這時候他的懦弱就更明顯。畢竟是他兒子有錯在先。這樣說來，倒是他們拖累了人家，他也就不好再說什麼了。

兒子時好時歹，見不得人，見了人就要脫衣服，一件件地脫，褲頭也脫（那褲頭做父親的看了羞愧，上面的破洞就好像是他們整個家庭的破洞），邊脫邊說，我沒有錢。後來沒見人也要脫。冬天也要脫。脫了之後就從家裡跑出去。做父親的心想這不是個辦法。有人說這是病。既然是病，那就要治。為此他借了很多錢，把兒子送到了精神病院。說實話，他剛把兒子帶回家的時候，還有些一籌莫展，彷彿生活一下子失去了方向和目標，但現在，他又有了，那就是借錢給兒子治病和還債。因此他已經有些衰老的身體，又灌滿了勁。精神病是不是神經病？說出去挺丟人的，但現在他也顧不上那麼多了。他帶兒子去的時候，在那裡看到了許多稀奇古怪的人，有的人在莫名其妙地倒立，有的人在莫名其妙地唱歌，有的人在莫名其妙地哭泣。但那裡有醫生和護士給他們打針，讓他們按時吃藥，打了針、吃了藥，他們就不哭不鬧了。

幾個月後，他再次去探望兒子時，還高興地到街邊的小酒館裡要了二兩滷豬舌，喝了二兩燒酒。先前他去探望過兒子幾次，跟我也見過面。我叫他放心，他兒子的病很快會治好的。他不知道，我為了治好他兒子的病，所用的遠遠不止藥物。我幾乎把那孩子當成自己的兒子。我走進了孩子的內心，在那裡我看到了孩子不幸的童年。孩子的體內全是陰影。做父親的終於見到了兒子。真的，兒子正在慢慢好轉。他叫他爸爸的時候竟然會露出有些難為情的神情。這一夜他睡得很踏實，大概還做了很多好夢，以至第二天早晨還醒遲了些。他擠公車，轉車。下車後，他向醫院奔跑。但快到門口時，他聽到了兒子熟悉而恐怖的尖叫。他跌跌撞撞趕到那裡，看到自己的兒子又脫光了衣服在院子裡奔跑，不同的是，他痛苦地搗著自己的下身。

我曾向院長建議有幾個特殊的病人不宜和其他病人住在一起，我瞭解過那些人的病歷，都有狂躁或陰鬱的暴力傾向；一個曾持斧在深夜連殺從工廠下班的女性三人，一個是在公共場所遊蕩了多日的精神病人，無端襲擊過一個小孩。據說官司還在打，受害者家屬把相關的政府部門都告上法庭。多年前，我讀過一篇小說，一個員警因苦於一個屢屢殺人的精神病人不能受到法律的制裁，而私自處決了那個病人。結果是，如果他想保命，只有配合相關部門的鑑定，也假裝成精神病人，但員警拒絕那樣做。有時候，我也有那樣的衝動。前幾天，醫院收治了一個老頭，那是一個被人性中最可怕的因子狂轟濫炸了的一個傢伙，幾乎什麼壞事都幹過，強姦幼女，殺人，並且他殺人的方法很怪，非常之殘忍。歸案後，家屬提出給老頭做精神鑑定，結果是，嚴重的精神分裂症。奇怪，既然家屬知道他是精神病患者，為什麼不早點採取防護措施？

老頭的子女都很有錢，不在乎那些民事賠償。有時候，我會懷疑有些精神病人是故意偽裝的，正如有很多真正的精神病人他們反而不自覺一樣。老頭的一個兒子說他們也曾經想給老頭作精神鑑定，但家裡的事向來是老頭說了算，他在家裡說一不二，誰也不敢反對他。老頭以前是一個單位的領導，在退休前也是這樣獨斷專行。老頭說，他在單位是領導，在家裡也是領導，誰敢說他是精神病？

我向院長建議把這些病人分開，可院長已完全成為了一個經驗主義者。他說，這幾年醫院裡並沒出過事。院長也是過於相信藥物的，他說，不管病人多麼狂躁，在打了針、吃了藥之後，就會乖乖地安靜下來。院長轉過身去，不再理我。我盯著院長的後腦勺，忽然怪怪地想，如果院長也是精神病人怎麼辦？誰敢給最高領導一個鑑定呢？我曾看過一本書，叫《病夫治國》，那裡列舉了許多國家元首所患疾病對他們政治行為的影響。高血壓、痔瘡、鼻炎、皮膚病、風濕性關節炎、心臟病、梅毒，甚至一次感冒，都曾經左右過歷史的走向。如果他們患了精神病，那不是更可怕麼？據說尼克森和赫魯雪夫都患有狂躁症，希特勒則有明顯的歇斯底里傾向；像是後者，沒有及時被人發現，或者說很難被人發現，因為精神病似乎更有某種抽象意味，因為他已經是元首。

我想，是不是要拿個錘子敲開院長的腦袋看看？

正在這時，院長也回過頭來，有些奇怪地望了我一眼。於是我更加確定了這一點，因為精神病人都是特別敏感的，院長知道我要拿錘子敲他的腦袋；我駭然跑開了。

那孩子又奔跑起來。有那麼一會兒，他的手沒能遮住自己的身體，於是那做父親的忽然驚呆了，因為他看到了兒子下身的空洞。

幾天前，那孩子上廁所時，被那個埋伏在那裡的老頭抱住，咬斷了生殖器。老頭在吃掉那孩子的生殖器之後，又跑到女性患者的病房外大吵大嚷。醫生和護士折騰了大半夜才把他制服住。醫院本來要及時打電話通知那孩子的父親，可找來找去，居然沒找到他家的電話；因為他們家根本沒有電話。

於是，我驚訝地看到，那做父親的哈哈大笑了起來。他的身手忽然變得無比敏捷，雖然鐵門是開著的，可他卻從鐵門外翻了進來，拉過兒子和他一起奔跑。

第三章

1

萬籟俱寂，梁康蒙望著燈火闌珊的城市；他的雙腳已站在陽臺的欄杆上，一切均妙不可言，他輕輕閉上眼睛。如果他讓自己的身體稍稍失去平衡，其他的事情只要交給地心的引力即可。

他剛做完一則筆記：一個人在頂門被封住的樓裡住了十幾年，經過長時間的努力，他終於完全撬開了封堵的磚塊，來到了寬敞的樓頂。他站在那裡手舞足蹈，大口呼吸，可樓下忽然聚集了一堆人，他們認為他要自殺，便規勸他，嘲笑他，他感到受了莫大的侮辱，為了維護自己的尊嚴，他不得不眼含熱淚，從樓頂跳了下來。

不過，他並沒有死掉。他在三樓的雨棚上彈了一下，又在二樓的雨棚上彈了一下，再摔了下來。在醫院裡做好接骨手術以後，他接著被送到了精神病院。他固執地說自己並不是自殺。現在，他最恨的事物便是雨棚，他在活動區走來走去，每看到隔壁職工生活區的雨棚，便停下來，像轟一個聚結在那裡的鳥群一樣，想把它們轟走。

梁康蒙合上筆記本。他忽然感到了一種巨大的誘惑。他試著像那個人一樣，先是在房間裡張開兩臂，然後站在陽臺的水泥欄杆上。

他想，下面是萬丈深淵還是通往天國的捷徑呢？

2

第一次見到她的時候，他竊笑了一下；或許，她正是他要找的那種女人。

那是在一次朋友聚會上。她說她是他朋友的同學。那段時間，他頻繁地參加聚會，雖然參加了又後悔，恨不得馬上逃離。他有些喜歡這個矛盾重重的自己。或者說，他要故意製造一個矛盾重重的自己。沒有人知道，在他的內心深處，其實是多麼的孤獨。他的孤獨即使在熱鬧裡也是那麼難以溶化，甚至，他更加孤獨了。他想，他要儘快把他的孤獨溶化掉，哪怕是溶化在硫酸裡。

他忽然聽到一個女聲叫他：梁醫生，你就是梁醫生嗎？

一個個子小巧、身段風流的女人站在他面前。她的眼睛靈活地眨著。

他放鬆了矜持，讓出了半邊沙發。

他一邊跟她說著什麼，一邊暗暗打量她。他的眼神簡直有些唐突。她的由兩條雪白的大腿併攏所構成的弧形陰影。從黑色皮短裙下隱約可見的縱深地帶。棕色長統皮靴。窄小的紅色短領毛衣。濕潤發亮的臉。曲紅鮮豔的嘴唇。

但她似乎並不在意他的冒犯，季節已是春天，乍暖還寒。

眼前的這個女人，年齡大概跟他差不多，至少可以從她臉上的雀斑和微微凸現的眼泡看出。她的睫毛有些亂。真的，他一眼就發現了這一點。她的樣子似乎既嫵媚又滄桑，既精幹又慵懶，既結實又弱不禁風。

按道理，一個女人到了這樣的年齡，大多變得世俗。甚至是俗不可耐。理想的光輝徹底地從她們的眉眼間撤走。她們婆婆媽媽，跳來跳去，嘴角掛著白痰，牙縫裡塞著菜葉，身上散發出各種婦科病的味道。她們忌諱年齡，每天都要在鏡子前長時間地比劃，遇到婚外男人的侵略，馬上又挺直了身子，顯得一本正經。與她們相比，或許一個蕩婦更真實可感，有血有肉；因為她們敢愛敢恨。

他喜歡有些滄桑感和複雜的女人。他覺得，在這個年代，過於純情的女人看上去要不是在作秀，就是個白癡。她那略顯浮腫的眼泡，似乎暗示著她的縱欲過度。他聽說，眼毛亂的人，私生活也是亂的。這給他的主動出擊提供了信心。他懷著惡作劇的心理，對想像中的另一個自己笑了笑。

這個女人，似乎既放蕩又不庸俗。介於天使和魔鬼之間。他喜歡這樣的女人。他喜歡性格裡有一些豪爽成分的女人，正如他認為自己的性格裡有極溫柔的一面一樣。他是個具有粘液質的人，內向，敏感，但又固執。

她說她叫艾約，是一所大學幼稚園的老師。一想到許多家長都把自己寄寓了無數重大希望的孩子放在她的手下培養，他又竊笑了一下。要知道，在家長的眼裡，自己的孩子都可能是未來的國家總理科學家音樂家畫家，省長市長都不在計畫之內，老闆暴發戶之類要逼得沒辦法了才去做，他們當然不肯承認裡面也有流氓殺人犯貪官賣國賊。

他的臉有些壞壞的。

他說，你的名字挺有特色。

她揚了一下頭：你說說看。

他說，真要我說嗎？

她說，當然，快點。

他說，你的名字跟一個相聲詞諧音啊，「哎喲」，「哎喲」。

她的臉騰地紅了，但馬上笑了起來。

她的臉紅讓他怦然心動。

告別時，他們交換了手機號碼。

他知道，他肯定要顯得主動一些。第一次打她的電話，她正在什麼地方旅遊，信號時斷時續，她的笑聲被風吹得飄飄忽忽。他當然不會問她和誰在一起那麼低級的問題。如果她是一個人旅遊那才不正常。倒是她自己說，她和幾個同事在一起，旅遊是單位組織的，她說她回來再打電話。

第二天傍晚，她還真的打電話來了，問他有沒有空，叫他在大學門口等她。她說，天氣這麼好，我們到河邊去散散步。他說，好吧。

見了面，他故意說，你膽子好大，居然叫我在這裡等你。

她滿不在乎地說，怕什麼。

他說，如果你先生看到了，要打你屁股的。

她說，我先生在上海，打不到我的屁股。說著，她咯咯笑了起來。

他又想起了那個相聲詞「哎喲」。他盯著她看。她說，你盯著我幹嘛？

他忽然臉紅了。說到底，他還是一個內向的人，靦腆，甚至不自信。很多時候，他更喜歡躲在語言的背後。

他們沿河邊散步。這裡原是一條臭水。後來換了一個市長，才大刀闊斧地把它作了改造，把臭水換成了清水，大小的魚可以活下去。又騰出地方開發了景點，弄成一個河濱公園的樣子。一個賣花的中年婦女鬼鬼祟祟跟在他們身後，他們走到哪，她就跟到哪。待他掏錢買了一束，她才毫不猶豫地去尋找新的跟蹤目標。

他把花舉到艾約面前，說，只能獻給你了。

她笑著說，我只好收下。

他說，你看清楚了，它可是玫瑰。

她說，玫瑰就玫瑰，你以為我怕它？

他們又沿河邊走了一會兒。戀愛聲與河水的喋喋聲交織在一起，遊河的小船從星星頭頂駛過。岸邊的長椅都被人先下手為強了，他們倚著欄杆說了一會兒話。有時候，他們像老朋友那樣拍拍肩膀或者拉拉手。反正又不是初戀，所以也沒有什麼特別的感覺。

他的初戀獻給了醫專裡的一位女老師。開始他沒意識到那是初戀。只是當他徹底失去它的時候，他才知道那就是傳說中的兇猛的初戀；它已和他的身體密不可分，失去了它，好像身體缺了一大塊。他在很長一段時間裡沉陷其中不能自拔。他的初戀其實是暗戀。女老師不知道一個學生看她的眼光很特別。她忙於自己的戀愛，教學，調工資，分房子。本來他的暗戀還可以繼續下去，但有一天，不知道什麼原因，女老師開瓦斯自殺了。

她教他的病理學。女老師不知道，她自殺死去後，他原本不感興趣的病理學的成績突飛猛進；他通過這種特殊的方式來懷念他的初戀。令他吃驚的是，經歷了這樣的初戀，他在別的女人面前居然不再流淚。擁抱的時候，他的目光從對方肩脊上翻越過去。雖然有時候他也會裝出投入或傷心的樣子，但總有一個自己逃出去，站在旁邊打量著這個自己，乃至發出嘲笑。

他終於明白，他是一個不適宜結婚的人。每次打電話回家，都免不了聽母親埋怨和父親一頓痛罵。這麼多年，父親罵起他來還那麼有激情，讓他既慚愧又感動。隔不了多久，他就要打電話回家去挨罵，彷彿上了癮。

艾約的幼稚園所在的大學離精神病院只有幾站路，以前也是郊區，現在已經很熱鬧了。新校區又到郊區去了，彷彿大學肩負著為城市開邊封疆的使命。他曾在一家著名的報紙上發現，第一版是專家談城市化進程過快，圈地運動如何瘋狂，第二版卻正是讚揚某市的城市化進程如何迅速、城市建設如何有氣魄。艾約說，她父母以前也在這所大學裡工作，在她很小的時候，爸爸就去世了，一次去北京開會，忽然高燒嘔吐，送到醫院，醫生以為是感冒。幾天後，她爸爸就死了。事後才知道是誤食了老鼠吃過的東西引起的病，潛伏期有半個月。可北京的醫生哪會想到這一點呢？

說這些話的時候，她的神態一直是若無其事的，眼睛望著別處。好像是說著一個跟她毫不相干的人。有時還突兀地笑出一聲來。他以為越是這樣，越說明這是她內心的一個很深的傷痛。

他不禁抓住了她的手。

可剛抓住她的手，他就後悔了。因為他的那隻手完全是畫蛇添足。它像一支扎在她皮膚裡的針頭，她帶著針頭向前疾走，根本不理會它；他沒法進入她的冷漠。

他送她回學校。

她微微側首，彼此沒再說話。

進了學校大門，轉彎，是一條狹長的水泥路。路旁樹影濃密，有兩條路進小區；一條是緊貼著院牆的小路，一條是兩旁停了許多小車的大路。這時，她的冷漠才忽然不見，重新浮現出笑容。她帶他先走了一段小路，再拐到大路。到了她住的樓下，她指給他看山牆上的編號，說，33棟302，你記住了嗎？

他幽幽地說，我快迷路了。

兩天後，她打電話邀請他；他真的迷了路。他是個方位感很差的人，尤其是在具體的巷道或單元中，他老是迷路，處處似曾相識。有時候，他到朋友家去，敲開的卻是一扇陌生的門，一張陌生的面孔嵌在門縫裡警覺地問道：你找誰？那次他去會一個女人，一個生活閱歷頗豐又略顯矜持的女人，她在充滿曖昧氣息的房間裡等他。暖黃的壁燈，寬大的床罩，溫軟的長沙發，以及如厚重大幕似的窗簾。然而，在快接近目的地時他卻迷了路。夜晚是蒙面之城，模糊的路燈下，他不知道哪是她住的那個院子的入口。雖然他白天來過多次，但現在，他一點也不記得了。那是一些單位的住宅區，一連幾個院子都差不多。那天晚上，他像一條狗，東聞聞西嗅嗅，上樓下樓。他著急了。然而他越著急，便越找它不到。那是一個關鍵的夜晚。之前的許多次見面都是為這個夜晚作鋪墊的。不然他可前功盡棄了。終於看到那扇熟悉的門時，已是深夜一點了。雖然他可以找出種種理由來解釋他的遲到，但他還是沒有這樣做。已經沒什麼意思了。他懷著一種宿命感，沿原路返回。第二天，他老老實實把原委告訴了她，她在電話那頭寬容地笑了笑。之後兩人的關係就沒有再向前發展。雖然發展起來很容易，但他們誰都懶得去動一動。

她那天忽然的冷漠成了他心裡的一個懸念。他要解開它。這次他沒有放棄。他打她房間電話，說你出來接我，我找不到你的門。她說你到了哪裡？他說在××影印店門口，她說遠了遠了，你走錯方向了。

不一會兒，她出現在他面前。

她住在二樓。一室一廳。廚房廁所。陽臺。一進去，她就很自然地把門關上了。按道理，這個動作應該由他來完成。畢竟是單身女人的臥室。他關上門，女主人要麼裝做沒看見，要麼臉色異樣地回過頭來。他的心忽然嫉妒了一下。他想，她為多少男人關過門呢？其實進門就是臥室，一張床占了大半；它像一個大戲臺，不知上演過多少好戲。床頭邊掛著她的放大照片，教案之類的東西雜亂地堆放在桌子上，還有手工做的一些玩具。看來，她這個幼稚園老師還是很稱職的。她說，亂糟糟的。他笑著說，這樣更好，更真實，一個人的真實狀態就是亂糟糟的。

她說，我老公跟你不一樣，他每次來都要講我，我就叫他幫我整理。他整理好了，下次來，又亂了，為此，他還總是一語雙關地說，你看你，每次你快要亂了時，我就及時來收拾你。去他的，誰要他來收拾。

他說，幸虧我剛才沒講你亂，不然，我就要當義務勞力了，而且等你老公來，他會說，咦，奇怪，怎麼好像已經被人收拾過了？

她過來用小小的拳頭在他胸上磨著。

他把她抱到床上，脫掉了她的衣服。進入她的時候，她果然哎喲叫了一聲。

很久，他們才回到現實，她抿嘴笑了一下。

他們躺在那裡說話。她講起她媽媽，妹妹，還有繼父。繼父是上海一家很有名的企業的工程師，享受國務院特殊津貼，有好幾棟房子。他說將來會送一棟給她。她說她媽媽和妹妹現在也都在上海，媽媽已經退休，妹妹是一家銀行的職員，但妹妹還沒有出嫁，似乎有幽閉症，不肯交男朋友，下班回來就把自己關在房子裡不肯出來。她忽然說，咦，我有個好辦法，你不也沒結婚嗎，要不，把我妹妹介紹給你，你做我妹夫得了。他拍了一下她的臉，說你開什麼玩笑。

他想找到她心裡的那塊堅冰，卻怎麼也沒找到。

像以往一樣，他給自己定下了一個跟她交往的標準，那就是，快樂就好，不干涉她的其他。如果她要干涉他，那也辦不到。

幾天後，她卻要他給一個男人打電話。她說，他叫鄒孟輝，是一家房地產公司的經理助理，這段時間一直在追她，可她不喜歡他，她要他告訴他，不要再經常打電話糾纏她了。他說，你要拒絕他，你自己跟他說，那是你們之間的事，我不管。她說你一點都不愛護我、心疼我啊。他笑著說，你是要我吃醋，還是要電話那頭的男人吃醋啊？她也嘻嘻笑著，說，最好是你們兩個都吃醋。

人就是這麼怪。聽她這樣說，他倒同意打電話了。他被好奇心驅使著，想知道那個叫鄒孟輝的傢伙是個什麼樣的男人。

於是他撥了艾約給他的那個手機號碼。他說，喂，請問你是鄒孟輝嗎？艾約要我給你打個電話，叫你別糾纏她，我不知道她是什麼意思，反正她叫我打，我就打了，她不會是想讓我們爭風吃醋吧？那這個醋就吃得很高級了，我猜她以前也叫你給別的男人打過電話，是不是？呵呵，她的確是一個聰明的女人，至少是自以為聰明。好了，我的任務完成了，你可以打她電話，說你已經接到我的電話了，老兄，說不定我們以後會成為朋友，好，再見。

下次見面，她就跟他談起了那個叫鄒孟輝的男人。她說他很年輕，大學畢業不久，他們是在一家夜校的英語輔導班上認識的，他准備考研究所，她學英語則純粹是因為無聊，想到那裡認識幾個朋友（他想，你真厲害，居然到那裡「獵豔」去了）。她說：鄒孟輝有很嚴重的戀母情結，喜歡在我面前扮小男孩樣，而我偏偏有戀父情結，你知道我爸很早就去世了，那時我小學還沒畢業，我希望找個老成點的男人，把我當個小姑娘哄一哄，你說，我和他怎麼能湊到一塊去呢？

他有些不懷好意地打量著她寬大的床單，心想，那個鄒孟輝真的沒有到此一遊麼？

他說，既然你先生、媽媽和妹妹都在上海，你為什麼不到那邊去呢？

她忽然說道，我是離過婚的，趙光是我的第二任，他倒是頭婚，跟我結婚時還是處男呢，你信不信？他爸跟我媽同過事，我媽跟繼父結婚後，也調到了上海，我去看我媽時認識了他，他長得老成，額角上滿是皺紋，在一家公司上班，他爸是很有名的教授，參予編寫了很多教材呢。趙光也談過幾次戀愛，但都因女方嫌他長得醜吹掉了，有人給他介紹了一個鄉下姑娘，人家明擺著不過是想利用他來進城嘛，他倒很有志氣，說他不幹。不知怎麼的，第一次看到他，我就產生了很親切的感覺。他約我出來，我沒有拒絕。但我繼父反對，他說我已經有過一次不幸的婚姻，現在一定要慎重。我不聽，繼父為此很生氣。那天，繼父硬要送我上火車，票都幫我買好了，趙光也偷偷地躲在人群中送我。雖然他不讓我看見，可我還是看見了他。我心痛欲絕。我不知道是聽自己的，還是聽繼父的，繼父畢竟是長輩。我已經上火車了，繼父在車窗外向我揮手。可我的眼睛視而不見。我盯著月臺的某個方向。我看到趙光在發呆。車快開了，甚至我已感覺到車開前的輕微震動，忽然，我站起來，行李也顧不上拿，向車下沖去。趙光也看到了我。我們在車門口哭作一團。就在我們相擁而泣的時候，火車大吼一聲開走了。我說，行李，我的行李！他說，讓它去吧，以後你要多少行李我給你買多少行李！我破涕為笑。

她說，我們之間的愛情故事很多，以後我再慢慢告訴你。

3

有一天，他碰到了舉辦那次聚會的朋友，裝做無意的樣子說，哎，你那個叫艾約的女同學給我來了個電話，叫我到她那兒去玩呢，她說她跟你同學。

朋友說，我怎麼跟她同學啊，她是我一個同學老婆的表妹，那天一起來玩。

他說，我也有些納悶，原來是這樣。

朋友說，你不會跟她搞到一塊去了吧？

他說，瞧你，什麼話。

朋友說，如果還沒搞到一塊去，我奉勸你，最好離她遠點，如果已經搞到一塊去了，就趁早收手。

他說，呵呵，這麼嚴重啊。

朋友盯著他的眼睛說，她曾說給我介紹一個女朋友，事實上她也介紹了，可後來當我和對方見面並且彼此滿意後，她又來破壞我們。

他笑道，那是你太有魅力了，她看中了你，吃醋了。

朋友說，她居然在對方面前說她已經跟我上了床，氣得我再也不想理她，那天聚會，是她死皮賴臉要來的。

他心想，怪不得那天她有些孤零零的。

朋友說，這個女人有病，有很嚴重的心理問題，你別以為你是精神病醫生就可以上刀山下火海了。

他說，可能是因為分居吧，你知道，有時候，女人的內分泌失調也會左右歷史的命運走向的；他想幽默一下。

但朋友很嚴肅，他說，你知道她為什麼離婚嗎？她居然懷疑她的頭一任丈夫跟她媽有那種關係，而她的頭一任丈夫，又是她從一個堂妹那裡奪來的。他是她媽媽以前的學生，人很勤快老實，開始介紹給她，她沒看上，就介紹給她堂妹。看到堂妹動了心，她又去把他奪了過來。那個男的畢竟對師妹更有好感一些。男的在一家很不錯的企業上班。結婚後，家裡的事她什麼也不管，甚至連自己的孩子也不願抱，天天在外面唱歌跳舞，弄得幾個男人為她打架。男的講她，她反而跑到男的單位去鬧，說他生活不檢點。男的要離婚，她不肯，等男的不想離了，她卻堅決要離。離婚後，看到男的跟別的女人結了婚，她又天天上門去鬧，男的沒辦法，只好把一家人都搬到廣東那邊去了。這時她媽媽去了上海，看到女兒可憐，給她在那邊介紹了一個，想把她調到自己身邊去，好有個照應。她的第二個丈夫又老又醜，背也駝了，看上去像個老頭子，她從來不肯跟他走在一起，但她想調到上海，結婚後她在那邊待了一陣子，可是，看到婆婆對丈夫好一點她也吃醋。並不是說她多麼愛他，而是她這個人就是這麼霸道，打個比方說，一個東西她不撿，別人也不能撿。這個女人簡直是發了瘋。不但如此，聽說她和繼父還有一腿，有一次當著她媽的面，她居然鑽到繼父的被窩裡去了，她媽為此跟她吵了一架，可她說，她很早就沒有父愛了，難道女兒鑽到爸爸的被窩裡去有什麼不對的嗎？她媽說，你又不是小孩子，你都已經結過兩次婚了。她說，這說明你還沒有把我繼父當成親爸看。她說，我要永遠把他當成我的親爸，如果他是我親爸你會這樣嗎？結果，弄得她媽和繼父現在都分開住了。在上海待了兩年，她又回來了，男方本來想把她調過去，但發生了這麼多事情，也不想調了。

他說，既然如此，何不再離次婚？

朋友說，這次沒那麼容易了，他們婚前居然做了一份公證，誰先提出離婚，都必須付對方二十萬。男的肯定不想離，反正有一個老婆總比沒老婆好，艾約這邊，即使想離也拿不出那麼多錢來。她花錢如流水，從來就不懂得攢錢。你說，她不是有病是什麼？她的那個妹妹，跟她的性格卻完全相反，一個是沒男人活不了命，一個是見男人怕要了命。她和她的親妹妹幾乎也沒什麼來往。

朋友本來是想他離她遠一點，不但朋友，就是他自己也沒想到，他聽到這裡卻忽然鼻子一酸。先前的玩世不恭完全沒有了。他匆匆和朋友告別，來到她這裡，令她詫異地緊緊抱住她，流下了熱淚。雖然他一時還不明白這眼淚到底從何而來。

她說你怎麼啦、怎麼啦，他說我想你。她也哭了。她是真哭。淚水使她敷了粉的臉一片模糊。過分的美白使她臉部的皮膚變得很薄，她必須不停地美白下去，不然會起皺，長褐斑。她是個完全被現代美容術控制了的女人。

後來他們去食堂打飯。她一直是吃食堂的。到房間不過一百來多米。他仍在悄悄地問著自己，這是怎麼回事？她的很多為人所不齒的事情，怎麼反而讓他深受感動？

有一點似乎是可以肯定的，那就是，他已經承認她是一個有病的人。

他想，大概男人都是有拯救慾的，何況他還是一個醫生。一個精神病院的醫生現在私自收治了一個有心理疾病的人，大概也不是不可以。精神病本來就是心理疾病的一種，只不過有著更尖銳的異常程度。

此後有一段時間，只要有空，他們幾乎都在一起。他聽她說話，陪她購物。她說，我和趙光之間真的有過一個偉大的愛情故事，如果沒有這一點，我不會愛他這麼久的。那天，他躲在人群裡悄悄為我送行。他是跑來的，沒等到車。他一口氣跑了好幾站路。他氣喘吁吁地尋找著我。後來我從上海回這裡辦結婚手續，他又到車站送我，火車開動了，他跟著火車跑著，跑著，圍巾從脖子上掉了下來，也不知道，我拼命地向他搖著手，喊道：趙光，等著我回來，回來我就是你的新娘。我彷彿看到，淚水滑過他並不漂亮的臉，但我覺得，那一刻，他英俊極了。

他默默聽著，心想，這個小時候缺少了父愛的女人，正在肆意地發揮她虛構和想像的能力。她的故事說不定就是電影或電視裡的一些情節和鏡頭的組裝。

她說，有一次，繼父帶她到公園裡散步。他們手拉著手。她不停地撒嬌。繼父伸出食指一勾，說要讓她吃栗子，她像是回到了多年前，回到了小時候。她要繼父給她買冰糖葫蘆，繼父說，這是小孩子吃的。她說，我就是小孩子嘛。走累了，他們就在人行道上隨便一坐，也像她小時候一樣。她說繼父不喜歡她妹妹，因為她妹妹從不跟繼父接近。其實繼父是非常慈祥的人，在她看來，他跟自己的親爸沒有區別，如果親爸沒有去世，現在肯定也是這個樣子。繼父為了她媽，跟以前的老婆離了婚，因為她媽太有魅力了，退休後，還擔任了一家業餘越劇團的團長。她看過她媽和繼父的很多照片，兩人都滿頭銀髮，互相依偎在一起，她對趙光說，等他們以後老了，也要像繼父和媽那樣。不，她不應該叫他繼父，而應該直接叫他爸爸。她也見過繼父和前妻的照片，那是很有知識很有氣質修養的一個女人，很理解繼父和她媽的感情，她跟繼父說，這麼多年，你一直在等著一個最值得你愛的女人，現在你終於等到了，我也高興。她主動提出了離婚，然後去了美國，臨走時，他們三人擁抱在一起。現在，兩個女人還經常打電話。她們把繼父當成了需要關心的孩子，好像繼父是她們共同的孩子。你說，這種感情是多麼叫人感動。繼父的兒子小衛跟繼父一樣高大。在北京的名牌大學畢業後，也做了工程師。她叫他哥哥。她說哥哥、哥哥，他就哎哎、哎哎。有一次，他忽然從背後抱住了她，他說你嫁給我吧，她說你是我哥哥，雖不是血緣上的哥哥，可在我看來，簡直比親哥哥還要親，但如果我嫁給了你，人家會怎麼說呢？不，我不能嫁給你，哪怕以後我嫁的男人一點也不好，可我也不能嫁給你啊。他們彼此抱著痛哭了一場；三十歲的男人，哭得像個小孩子一樣。後來，小衛強忍著失戀的痛苦，也去了美國。

她說，我也不知道怎麼會有那麼多男人喜歡我，難道我真的是妖精變的嗎？有一個男人就曾經說我是妖精。有一次，我給妹妹做媒，帶一個男的去見她；那時我剛離婚。由自己想到妹妹，我希望她找一個好男人，不要像我。剛好我碰上了一個。我跟他把我妹妹的情況講了，他動了心。我們就坐火車去上海。快到上海的時候，我感覺有些不對頭，他老拿眼睛瞄我。還有幾次，他故意用身體蹭我。果然，下車後，他說，他不想去見我妹妹，他已經愛上了我，要跟我結婚，你說好笑不好笑？我說，哪有這樣的事，說出去不很荒唐嗎？再說我沒有愛上你，如果不想見我妹妹，那你就回去吧。他一氣之下，還真的去買了回程的票。後來見我態度堅決，他又可憐兮兮地來找我，想讓我再安排他和我妹妹見一次面，他說，既然不能跟我結婚，就跟我妹妹，那樣，他也就能經常看到我。我沒答應。把這樣的男人介紹給我妹妹，那不是害了她麼？

她說，第一個無論我怎麼追他都不動心的男人是一個長得特別像費翔的男人。那還是在上海待著的時候，我在一家電信公司上班，做秘書，他是我們公司的副總裁。跟你說，第一次看到他，我就眼裡放光，魂不守舍了。你別笑我，嘻嘻。那時，我和趙光媽媽的矛盾很大，他媽媽有典型的戀子情結，看到我和趙光那麼好，就吃醋，可我偏偏要在她面前和趙光親熱。結果，她就在趙光面前搬弄是非，說我的壞話。我就氣趙光沒腦筋，聽他媽媽的。有一次，我們大吵了一架，我跟他說，你在我和你媽之間選一個吧。這才嚇住了他。人都是有逆反心理的，是不是？他媽媽說我懶，我就真的懶起來了，他媽媽說我愛花錢，我就真的花錢如流水，有一次，我一件衣服就花了將近一萬，把他媽媽氣病了。看到自己的報復手段起了作用，我暗暗高興。他媽媽說我水性楊花，那好，我就水性楊花一回好了。我瞄準了我們公司的副總裁，他不但長得像費翔，歌也唱得像費翔，偏偏我很喜歡費翔的歌，喜歡他略略凹陷的眼睛、黝黑的皮膚和花花的襯衫，喜歡他的髮型，喜歡他腰間紮著寬皮帶、手扶椰子樹的迷人樣子。所以，當我看到這個男人時，我最想做的一件事就是扒掉他的西服，買一套像費翔那樣的花衣服送給他。可無論我怎麼向他賣弄風情，他都正襟危坐，理都不理我。沒辦法，我只得主動出擊，我雨天請他喝咖啡，故意不帶傘，那年下了雪，我故意穿很單薄的衣服走在他面前，可他並沒有讓我鑽到他的傘裡去，甚至不用他的黑寶馬送我，而是給我打了一輛計程車。對我的冷得發抖，他也視而不見。我恨死他了，恨不得狠狠咬他一口，但奇怪的是，他越這樣，我反而越愛他，還沒有人拒絕過我呢，我就不信他不會拜倒在我的石榴裙下。有一段時間，他似乎在躲著我，看到我就遠遠繞開了。我拿文件給他簽字，他看都不看就簽了，他不敢看我。有一次，機會來了，下班了，其他人都走了，他一個人在辦公室，磨磨蹭蹭沒有下班，不用說，我也一樣。外面忽然下起了暴雨，看來一時半刻我們走不了。我敲開他的門。我說我喜歡他。如果他願意，我可以離婚。他終於勇敢地望著我了，但沒有說話。他沒說愛我，也沒說不愛我。可我覺得他對我還是有感覺的。如果他對我一點感覺都沒有，他不會答應我的約會。他似乎是在故意逃避什麼。其實有時我也看出，他有些激動，只是到了關鍵時刻他又望而止步。難道他有什麼難言之隱嗎？他三十好幾了，還是單身，沒結過婚，貨真價實的鑽石王老五。我豁出去了，我大膽地過去抱住他的腰。他太高了，我只能抱住他的腰。為了抱得更緊些，我甚至還踮起了一隻腳。那一次，他終於激動了，他的呼吸急促起來。我也顫抖起來。你知道我顫抖起來是什麼樣子，壞傢伙，你別吃醋。他也顫抖起來了。他讓我抱著，沒有推開我。但我們還是什麼事也沒做。此後，我一連一星期都沒看到他。我有些慌了，不露痕跡地向別人打聽，才知道他忽然做出決定，到美國讀書去了，讀工商管理碩士，ＭＢＡ。他走後，我也不願在那裡待了，辭了職，又過了一段時間，我離開上海回到了這裡。

她說，後來我聽說，他好像在那方面有些問題；原來是這樣。可憐啊，一個那麼英俊、高大的男人，偏偏做不成男人，命運對他太殘酷了。

他聽著她在那裡滔滔不絕，看她沉浸在自己的幻想裡，興奮得面色通紅。大概對於她來說，這種幻想就好像是興奮劑。是精神鴉片。他在想哪些大概是真的，哪些完全是出於她的臆想。可他並不想揭穿她。就像大人看著一個孩子在面前玩小把戲。後來不知不覺的，他的眼睛又濕潤起來。跟她在一起，他的眼睛常常濕潤。

4

她纏著他，要他陪她逛街，購物。他說，你還要買什麼東西啊，你看你，衣櫃裡塞滿了衣服，鞋架上堆滿了鞋，過道裡扔了那麼多傘，化妝品堆在那裡都沒來得及拆封，有時候，一件衣服買回來，才知道這種式樣的先前已經買過了。有的衣服買回來後，根本不會穿，你甚至把它們忘記了。

她說，要買，就是要買嘛。

他知道，他是沒辦法阻止她的這種欲望的。她是個內心寂寞的女人，許多時候，只有靠瘋狂購物來填補空虛的內心。她在逛街的時候眼睛發亮。瞧，她在商場裡是多麼快樂啊。她緊拉著他的手，在電梯上頻頻回頭打量與他們擦肩而過的男士，不時地發出驚訝的讚歎聲。這倒不一定是要讓他吃醋（他想，我會麼？她的那些小伎倆，在他眼裡不都是一清二楚的麼），但他會故意裝出吃醋了的樣子回頭打量對方一眼。後來他發現這些引得她頻頻回頭的男人都有一個共同點，那就是，他們都穿著藍花花的短袖上衣。她對穿藍花花短袖上衣的男人有一種由衷的迷戀，乃至也要用它把他打扮起來。有幾次，他來她這裡，最先看到的卻是她給他買的衣服。他想，他成了那個「準費翔」的替代品了。或許，那個「準費翔」也是根本不存在的，不過是她想入非非和虛構的產物。

漸漸地，他不知不覺跟著她走。彷彿是想看看她到底把他帶到哪裡去，又能把他帶到哪裡去。

她在購物時完全可以稱得上奢華：幾十塊錢的衣服她瞧都不瞧，步行街的專賣店她都不一定去，更別說那些什麼牌子也沒有的小店了。哪外是買一個很小的飾品，她也要去大商場的專櫃。一把小陽傘，她花了兩百多。一隻髮夾，居然花了八、九十。一副遮陽鏡，花了近一千。一件普普通通的女式襯衫，花了三百多，還是搭計程車五折。他畢竟是從鄉下出來的，不理解和不能接受這種消費方式。他說，你不會對錢有刻骨的仇恨吧？她笑著說，這算什麼，她每次回上海過年時，都要趙光陪她到商場裡買兩萬多塊錢的衣服，誰叫他讓他們兩地分居，得懲罰懲罰他。他說，那你現在是在懲罰誰？她說，現在不是懲罰，是獎賞，對自己的獎賞，我和趙光又沒有孩子，要那麼多錢幹嘛。他說，你們準備生孩子嗎？她說，我才不願再生孩子了。他問，趙光會同意嗎？即使他同意，他媽媽會同意嗎？她說，他不同意不要緊，可以離婚啊。他猜到了一點什麼，便不再追問。她不生孩子或許跟她光顧自己享受、對人生感到虛無有關，還有一種可能是，她故意這樣逼趙光跟她離婚，如果他們的婚姻真的有那份二十萬的協議的話。當然，如同她對錢的蹂躪，她對自己也是蹂躪的，只不過這種蹂躪是以極端自私自戀的方式呈現的。她不但喜歡買，還喜歡送。那枚八、九十塊錢的髮夾，她才戴了一天，問同事好不好看，同事說好看，她就毫不猶豫地摘下它送給了對方。每次從上海回來，她都要帶些東西來送給大家。上海的吃，上海的穿。他想，這是否完全是大方呢？或許，她是在滿足自己的另一種虛榮心吧。

她在商場裡一逛就是幾個小時。從一樓逛到頂樓。從化妝品專櫃逛到內衣專櫃。因為她，他知道了ＳＫⅡ。她只買ＳＫⅡ。她的化妝品明明還沒用完，可每次經過那裡，還是要停下來看一看，問一問。專櫃小姐一聽她開口便知道她是內行，於是不敢怠慢。以小人之心度君子之腹，他想，或許她要的就是這個效果吧？一件衣服，明明不怎麼好看，他斷定她一定不會買，可她一定要試試。她把提包給了他，到試衣間去試衣，自己試了不夠，還一定要專櫃小姐穿給她看。離開後，她問他，是我穿得好看還是那位小姐穿得好看？說實話，因為她折騰了那麼久，耽誤了專櫃小姐的時間和精力，他早已感到難為情了，但他不忍掃她的興，真心實意地說，要說好看，還是你，不過你這樣折騰人家，也太不像話了吧？她嘻嘻地笑。

除了熱衷於購物，她還喜歡美食，旅遊。她喜歡跟他在旅館裡做愛。有一段時間，他們不再在室外或她房間裡約會，而是直奔旅館。在旅館裡做愛似乎有一種無窮的樂趣，不用收拾殘局。有時，他或她在旅館訂好房間，然後給對方打電話。更多的時候是他們手拉著手一起到外面找旅館。一家旅館他們只住一次。他們幾乎跑遍了城裡的旅館。他們不但住高檔的，低檔或充滿了危險性的也住，譬如二、三十塊錢一晚的，車站或碼頭旁邊的，有的連廁所都沒有，隔音效果也不好。誰知越是這樣，她倒越興奮，彷彿要讓全世界的人都聽到她哎喲、哎喲地叫床。有一回，他們的錢包和手機被人半夜從窗戶裡爬進來偷了，她也不惱，還高興得大笑。他們彷彿在旅館的叢林裡歷險。

激動的時候，她咬他。剛開始他很不習慣。如果是別的女人，他會虛與委蛇或果斷地推開，但他忍受著沒有推開她。漸漸地他接受了她的撕咬，它同樣讓他瘋狂和飛騰起來。她咬他的肩膀，背部，他的手臂和胸部。那些齒痕深深地鑲嵌在那裡，熠熠發亮。她甚至也要他咬她。但他實在沒有、而且也無法形成這個習慣，這時她就咬自己、咬衣角，他再次瘋狂起來。後來即使不激動的時候，她也咬他。她望著他，眼睛忽然閃亮起來，說，我要咬你。她才不管他樂意不樂意，就像一頭母豹似的撲了上來，在她看准的什麼地方張嘴就咬。如果咬到以前的傷口上，他會痛得大叫。和激動時相比，她現在咬得比較有章法，好像在津津有味地吃著什麼東西，或匠心獨運地鏤刻著一件什麼藝術作品。她的神態笨拙而投入。她說，現在，你沒辦法去掉它，一看到它們，你就會想起我。

咬的範圍在不斷擴大。她咬他的臉，他的耳朵，他的脖子，他的下巴，他的胸膛，他的大腿。她咬遍了他全身，而且一定要咬出牙印，咬出血印。

有一次，他實在忍受不了，就推開了她；她哭了起來。末了，他還是乖乖地把自己送到她的嘴邊，她這才破涕為笑。

這是一個瘋狂的女人，他還從未見過這種瘋狂。他們一會兒在天堂，一會兒在地獄。他騰雲駕霧，水深火熱。她既是單分子的火焰，也是複合分子的水。她是單純的複雜，也是複雜的單純。她還是喜歡玩一點花招，撒一點謊，彷彿對於她來說它們是必不可少的零食。譬如他們在大街上散步，她會忽然一聲驚叫，指著一個剛與他們擦肩而過的男人的背影說，那個傢伙剛才狠狠掐了一下她的臀部。她說半夜有人打電話搔擾她。說在某某地方遇上了一個老闆，他請她做他的銷售經理，年薪五十萬。說上次回上海時，一個男人下了火車就一直跟著她，要她的電話號碼。哪怕他們剛剛做愛，她還要故意當著他的面自慰一番，嘴上則笑嘻嘻說道，你迴避一下。

他想，這是個一刻也離不開愛的女人。因此她要不停地製造愛的幻覺，生活在愛或愛的幻覺裡。她希望每個男人都愛她，每個女人都嫉妒她。她從來不怕得罪女人。雖然她送給了她們不少東西，但最終，她還是會把她們得罪個夠。她天生是男人們的情人，女人們的天敵。她在他耳邊虛構或經營了許多愛情故事。鄰居的男士在向她暗送秋波。校醫跟她打情罵俏。音樂系的副教授想教她彈鋼琴。一個女同事的丈夫酷愛攝影，自願給了照了一張相，並把它放大裝裱起來掛在她床頭邊，喏，就是這一張。她說。學校的保衛科長自告奮勇地陪她晚上去鍛煉，打羽毛球，保齡球，乒乓球，還有擊劍。一個公司的老闆想教會她開車。大學校長、一個工程院院士多次向她發出了某種邀請……

後來，他也跟著她裝瘋賣傻起來。有一次，他們騎自行車去郊外，明知自行車不能載人，但她一定要他載著她。過十字路口時，果然被交警攔了下來，罰了款。他很配合很主動地交了錢，收好罰款收據，故意問交警，現在可以載人了吧？交警說，那怎麼行？他繼續裝傻：我們不是交過錢了嗎？交警說，交了錢也不行。他搔了搔頭皮，說，我還以為罰了款就可以載人了。他們故意闖紅燈，站在大街上接吻，傻裡傻氣地問××路怎麼走，其實他們正走在××路上。裝結巴，裝盲人，她甚至還裝過孕婦。他們不識字。不會說話。沒有錢。沒有職業。他們是乞丐。是流浪漢和流浪女，是傻瓜。他們花十塊錢買一隻蘋果。搭計程車時，送給司機一個吻；如果是女司機，他就代表他們送上一束鮮花。他們故意去做了一回小偷。她站在大橋上，他給員警打電話，說有個女人要跳水自殺；員警還真的來了。圍觀的群眾、喇叭、記者，末了，她被成功解救。她哭哭啼啼撲進員警懷裡，說，員警叔叔懷裡真溫暖。叔叔？員警吃了一驚，因為他大概只有二十歲呢。這一下，她露出了在幼稚園工作的馬腳。但這馬腳，也是他們故意露出來的；他們給員警叔叔送錦旗，送金匾。為貧困兒童募捐。爭做好人好事。牽老太太過馬路。幫工人推板車。喊著抓小偷。給報紙上登的那些婚姻介紹所打電話。免費給人家看病治病。在汗衫上寫著：不是神經病的不要找我。朝每一個人微笑。和每一個過路的人擁抱。比賽誰笑得響亮笑得時間長……

有時候，她故意當著他的面跟趙光打電話，跟趙光發嗲，左一個老公右一個老公。有一次他忍無可忍上前去把電話摔了。有時候他當著她的面故意打電話給趙光，問艾約是否回上海了。趙光問他是誰，他說是和艾約在火車上認識的一個朋友。趙光哦了一聲，不知怎麼回事，看趙光在那頭吃醋，他暗暗有些高興。

六月份，醫院組織了一次旅遊，他在途中頻頻給她打電話，發簡訊，忙個不停。每到一個地方，他都急切地奔向公用電話亭，弄得大家不知他怎麼回事。在一個小縣城裡，晚上買不到磁卡，他在把自己的卡打完後，又去向同事借了一張，不知不覺把它也打完了。他耳朵裡全是電話鈴的響聲。她在電話裡說，下午，她在街上被人割包了，一隻剛買的包被小偷劃開了一道很長的口子，她心疼死了。她說，她被評為全校的先進。她的普通話檢定雖然通過了，但只得了個乙級，她不服氣，主考官是她的一個學生家長，她笑著說，看我怎麼收拾他兒子。她說昨天她樓下遭小偷，她害怕，剛才她看到窗子邊伸出了一隻手。媽呀，她真的尖叫起來。

其實他並不在乎她說了些什麼。譬如小偷劃包和窗邊伸出一隻手這些事完全可能出於她的臆想。她有著撒謊的本能，也有著撒謊的天才；如果她沒撒謊那才奇怪。幾乎任何一件事，她都要經過加工才說出來。她在撒謊的時候，沉浸在自己的想像和某種類似於創作的激情裡，面色緋紅，文如泉湧，眼睛和牙齒閃閃發亮。說實話，他喜歡她的撒謊，漸漸地，他也迷上了她的撒謊。這時，她是那麼的快樂。因為她，他可以原諒所有愛撒謊的人。當同事或朋友抱怨自己的孩子愛撒謊時，他總是為孩子辯護，說撒謊也是孩子想像力和創造力的一種。他想，如果有人容忍她的撒謊，理解她撒謊背後的那些東西，也許，她反而漸漸不會撒謊了。它是一種好奇，一種惡作劇，一種幻想和精神自慰。如果大人不對孩子的撒謊橫加指責，或許，可以把孩子培養成作家或其他富於創造性的人才。她的撒謊源於她的孤獨，她希望以此引起對方的注意。

他把她當成了小孩子。在他看來，她的撒謊也是清澈見底的。就像小孩子捉迷藏，躲在某個一眼能見的地方，大聲喊道，你們可以找我了。他說，我看到你躲在哪裡了。她說我不在這裡。

旅遊回來後，他們在一起度過了沒有白天和黑夜的一個週末。她把手機也關了，說讓趙光在那邊著急吧。整整兩天，他們是靠餅乾、橙汁和白開水度過的。除此之外，就是沒完沒了的愛情。他們把愛情像奶油一樣塗滿了彼此的全身。

他還記得那一天，他來到她房間時，覺得耳目一新。剛洗的床單在陽臺上飄蕩，散發著好聞的洗衣粉的香氣。陽臺上的泡沫飯盒之類，也忽然不見了。房間裡清新如畫，窗簾大開，風長遠地吹了進來。檯燈、風扇的塑膠殼子也被擦得明亮，桌上的教案之類被擺得整整齊齊。廁所裡的髒衣服也已洗好，在陽臺上晾著，地板被拖洗得照出了人影。房間裡彌漫著明亮而濕潤的水氣。她像一個勤快的主婦那樣跑進跑出，臉上紅撲撲的。袖子也捲得高高的，露出白皙的手臂。她甚至還前所未有地繫了一條圍裙。再看廚房裡，菜也買了許多，看來她要自己做飯了。爐子上正在燉著什麼，她說，等會兒我們可以喝綠豆湯了。

她仰著臉說，我還能幹吧？他笑著說，豈止是能幹，簡直可以稱得上賢慧了。

他開始關心她的行蹤。他們每星期見兩次面。在其他的時間裡，他有些神不守舍。他想她在幹什麼呢？是不是和另一個男人見面去了？要知道，這種事對她來說可不新鮮。有一次她問他，如果她還有別的男人，他會怎麼樣？他說，他只要跟她在一起感到快樂就行，其他的他不管，那屬於她私生活的範疇，是她個人的自由。她卻說，她要管，她不許他有別的女人。在街上他多看別的女人一眼，她也會干涉。可現在，他怎麼也暗暗管起他不該管或本不想管的事情來了？他問她在哪裡，因為他打電話到她房間她不在，她說在甯小喬家。甯小喬也是她在英語補習班認識的，據說學英語是為了移民英國。他跟甯小喬見過幾次，還在一起吃過飯唱過歌。當然，對甯小喬她也是提防的，一方面說她和甯小喬怎麼好，幾乎無話不談，另一方面又說甯小喬這個人很亂，還沒結婚，同時和幾個男人交往，那些男人都是做生意的，對她並沒什麼真心，有一個還得了性病，等等。現在，甯小喬交往了一個男人，卻遭到了父母的反對，據她說，甯小喬和他只能偷偷交往，甯小喬因此總是叫她去做煙幕彈。她到甯小喬家，跟甯小喬一起出門，等甯小喬和那男人約會好了，她又陪甯小喬回家，有時候搭計程車回小區，有時候就跟甯小喬在一起睡。有一天深夜她打電話給他，說她在甯小喬的被窩裡，甯小喬在廁所洗澡，她偷偷給他打電話。他不禁有些嫉妒地想，天知道她是在甯小喬的被窩裡還是在某一個男人的被窩裡。這時他打電話給甯小喬，當然不好直接問艾約是否在她那裡，而是說打錯了電話，本來是打艾約的，按錯了。或者說艾約的手機怎麼打不通。艾約曾教過他一招，把手機電路板在開機狀態下卸下來，語音提示便不再是「對方已關機」而是「對方不在服務區」或「手機電力不足」。那次她就是這麼對付趙光的，她會不會也這樣對付他呢？他裝做學生家長打電話到幼稚園，問艾約老師是個什麼樣的人，做事還負責吧？好打交道吧？把孩子放在她班上沒什麼不好吧？或者故意語氣很衝地說，把她的電話告訴我，我有事找她，看對方是什麼態度。

暑假來了，她要回上海。每年的寒暑假她都是在上海過的。這一年，趙光已經感到奇怪在抱怨了，問她怎麼還沒回去，她說單位要組織活動，或要參加一個什麼考試。她把回去的日程一拖再拖。後來還是他提醒她，不能再拖了，她應該回去了，於是他陪她買車票，買火車上吃的東西。

他從醫院趕來，送她上火車。她在房間裡等他。一進門，他忽然抱著她哭了。好像要永遠失去她。她望著他，眼淚也簌簌掉個不停。他沒想到自己會哭，也沒想到她會哭。他們都沒想到。但他們都在哭。他們的眼淚是那麼灼熱而透明。她說她是命苦的人，自從嫁給了趙光，她就經常在兩個城市間跑來跑去，很多個夜晚她都是在火車上度過的。她說，我怎麼沒早點遇到你呢？

他想，從某種意義上說，一個精神病醫生，一輩子大概只能徹底地治癒一個病人。因為那不是用藥物而是用心靈；而他的病人就是她。

5

拯救是否也是一種病？一個朋友曾這樣問他。

艾約在上海的那段時間，他們完全靠電話聯繫著。她給了他一個固定電話的號碼。他們每天都要通一個多小時的電話。這在他的生活裡是前所未有的。他其實很反對「煲電話粥」的人，但現在，他不知不覺成了其中的一員。他告訴了她，她在那頭嘻嘻笑了起來，說這就是愛情的力量啊。說到愛，他的眼角又有些濕潤。多少次，當他們說愛的時候，當他說我愛你的時候，他們彼此注視，眼眶忽然濕潤。他被她感動，也被自己所感動。她在電話裡說，她每天都在想他，她在網上搜索他的名字，搜出了一大堆，既有精神病院的醫生也有精神病患者，既有官員也有殺人犯，既有經理也有工人。她說她要把他們都找到，一個個地去愛，因為在她看來，他們都是他。她說她有時候會叫錯名字，會把趙光叫成他。趙光問她，她就把什麼都給他講了，反正她又不怕離婚。她說她拒絕和趙光做愛，用碎玻璃故意把自己的身體弄出血。她說她懷了孕，不過她已經到醫院去做了手術。她是故意讓自己懷孕好做手術來拒絕和趙光做愛的。她說她要寫小說，把他們的故事寫下來，成為暢銷書。她說她要去瘦一下臉，去隆胸，等她回來，她胸前就有兩座誘人的山峰了。她還要紋身，把他的名字紋在她身體最隱秘的地方。在電話裡，她有時候手舞足蹈，大喊大叫，有時候又沉默寡言，或哭哭啼啼。有時候溫柔婉轉，有時候又聲嘶力竭，像是歇斯底里。他靜靜地聽著，明明知道她又在撒謊和想入非非，有時候一笑了之，有時候會揭穿她的把戲，說，小妖精，又撒謊了。她就在那邊嘻嘻地笑。她喜歡他罵她，罵她小賤人小妖精小毛毛蟲小狗狗。他說，小心，你有受虐傾向。她說，我就是一個受虐狂。想到以前有人叫過她妖精，他便不叫她小妖精而叫她夭夭。既是逃之夭夭也是「桃之夭夭」，前者指的是機智靈活，後者指的是絢麗多姿，作為教育工作者的她不可能不懂。她果然很喜歡。此後發簡訊便自稱「小夭夭」或「你的小夭夭」。他越來越喜歡馬上揭穿她的把戲，譬如她說她用玻璃劃破自己的身體，他馬上說，你那麼愛惜自己身體的人，怎麼會把自己的身體劃破？你儘管和趙光做愛好了，我不管。她說你真不管還是假不管，他說真不管，她故意咬牙切齒說道，那好，我就和趙光做愛到死，把我們兩個都做死掉，等公安局的人來收屍！他說，把我的電話寫下來，讓他們到時候通知我。她還是嘻嘻地笑，說，我就在牆上寫，這對狗男女系梁康蒙所殺。他不想讓她在撒謊後自以為得計或為此忐忑不安，而要把它完全變成虛構的樂趣，因為她也對他動了真情。他也曾建議她如何對待幼稚園裡愛撒謊的孩子。他的用意是讓她知道他並不反感她撒謊，知道她哪是撒謊哪不是撒謊，這樣，說不定她反而慢慢不撒謊了。他發現，他們在一起久了，她就不會或很少撒謊，一旦分開，她撒謊的頻率也就越來越高。彷彿撒謊是她的精神糧食，她離不開它。這讓他領悟到，是否可以用一種新的辦法，讓她走出她的心理怪圈；對於她來說，的確是一個怪圈。

他開始嘗試著這樣做。他把自己變成一把小刀，慢慢深入她的心理內部。他要先把她完全接受，然後才能找到那些病灶，再把它們剔除。說簡單一點，就是別支支吾吾，而要直話直說。如果你讓她知道自己有很多毛病，但你還愛她，這本身對她就是極大的鼓勵。疾病讓人產生自卑感。就拿撒謊來說，她為什麼要一而再、再而三地撒謊？很可能是因為她沒有自信。久而久之，習慣成自然，她反而對它產生了依賴，沉迷其中而不覺。他大量地閱讀過中外許多心理和精神疾病方面的書籍，但書本上的東西，畢竟是教條的多，在活生生的病例面前，它們反而捉襟見肘，相形見拙。有多少醫生能完全瞭解病人、深入病人的內心呢？有多少醫生能把病人當作自己的親人乃至愛人呢？不這樣做，醫生又怎麼能完全治癒病人、病人又怎麼會主動配合醫生呢？這是精神疾病領域裡存在的一個悖論。醫生是病人的天使，病人也是醫生的天使。如果說，病人體內有一個魔鬼，那麼，醫生的職責就是和魔鬼作鬥爭，同時醫生也很有可能被魔鬼打敗被綁上十字架。當他再一次在某學術會議上大膽地提出這一觀點時，不用說，又遭到了許多同行的嘲笑。他們說，這簡直是在混淆職業和情感乃至宗教的區別。在他們看來，醫生治療病人，就如同你在讀書時解一道數學題那麼簡單。

不管怎麼說，他要試試。他試圖讓她先認識自己。醫生總是指責病人諱疾忌醫，但你沒告訴他們疾在哪裡，他們又怎麼知道是諱疾忌醫呢？他對她說，你知不知道，你是一個有著許多心理疾病的人，它們像濃重的陰影或黴斑，在悄悄籠蓋或入侵你現在的生活，以至你現在的生活完全被它們所左右。你在成長的關鍵階段，忽然失去了父親，於是你的情感天空出現了空缺，你一直在尋找在彌補著它。不用說，你有嚴重的戀父情結，你和你妹妹的幽閉症在本質上是一回事。一個因父愛或某種約束力的缺席而如洪水破壩，一個則完全走向了它的反面，把自己禁閉起來。你故意淘氣，放蕩，撒謊成性，為的是引起別人的注意，希望嚴厲的父愛再次降臨。你希望像小時候那樣，在某次淘氣後，會得到父親的呵斥，有一次，父親甚至打了你一巴掌。你說過，父親每次在懲罰你之後，再用手摸你的頭，你感動得熱淚盈眶。於是你一直渴望著那隻手再次降臨你的頭頂。你在心理上，還一直停留在年少時期。或許，你父親是一個粗心的人，為此你總在不斷地引起他的注意。哪怕挨打你也是情願的。小時候，你就和妹妹經常吵架，為一樣東西爭得不可開交，像是在爭風吃醋。父親對你們的態度其實是一樣的，但你總怕父親更愛妹妹。所以後來你四處掠奪。你從堂妹手中奪過一個男人，讓他成為了你的前夫，又阻止了妹妹那可能的愛情。你給她介紹的那個男人，其實不是他勾引你，而是你在勾引他，你沉浸在自己的想像裡不能自拔。你不能容忍別人也有愛，尤其是你的親妹妹。失去了父愛，你開始了幻想，開始了虛構。你的心中因愛的空缺而造成了愛的饑渴。

你幻想全世界的男人都會注意你，都在愛你。為了證明這一點，你開始向許多男人賣弄風情。我承認，在這方面，男人恐怕比女人更賤，只要母狗搖了尾巴，公狗一定會爬上背（她又嘻笑了一聲）。剛開始，我就是抱著這種心理跟你交往的。跟你這樣一個放蕩的女人交往沒有負擔；我相信其他男人也是這麼想的。父愛的缺失使你成為一個既任性又自私的人。你內心充滿了嫉妒和佔有欲。哪怕是你不喜歡的東西，你也不希望別人拿去。有一次，你把自己的一件舊衣服扔掉，我叫你把它折起來放在樓下，讓別人撿去，因為那件衣服還有八成新，別人完全可以穿的，也許本來你會這麼做，可聽了我的話，你反而拿剪刀來把它剪碎了。愛和恨不是一組反義詞，而是同義詞，你知道你的第一次婚姻為什麼會破產？因為你在前夫那裡不能找到父愛的感覺。那時你們都還年輕，而你喜歡年齡大一點的，看上去更像父親。你喜歡撒嬌，他不懂你的撒嬌，不懂你的任性，不懂你心裡的巨大缺口。你故意不理家務不帶孩子，天天在外面鬼混，就是想氣他，想刺激出他心中可能的父愛，你希望他像父親那樣狠狠揍你一頓，那樣，說不定你們的婚姻還有救，可他不懂，他因為愛你因為你是小師妹，而在你面前更加戰戰兢兢。你甚至沒意識到，你其實是愛他的。不然你後來不會窮追不捨，直把他趕到廣東去而後快。離婚後，你心中愛的缺口越來越大。你破罐子破摔。你是在完全麻木的狀況下，嫁給了趙光的。你的心中只有一個念頭，那就是，趕快離開這個讓你失去了愛的地方，哪怕永不回來。但你並不想跟母親還有妹妹生活在一起。在你看來，母親也是你愛的競爭者。從某種程度上說，你不自覺地把父愛缺失的賬，記在她的頭上。你認為她應該對父親的死負責。你恨她。你要搶奪她擁有的一切。一方面，你故意讓自己接受她的安排去和趙光見面（趙光的容貌加重了你對她的憎恨），另一方面，你要故意氣她，你要找到做孩子的感覺，為此你故意鑽到繼父的床上去，你繼父作為高級知識份子，當然不會亂倫，但你希望造成亂倫的錯覺。或者說，你喜歡這個詞所包含的叛逆的魔力。艾約，你的內心裡有一個巨大的魔鬼，你完全被他操縱，隨著時間的推移，他的魔法越來越大。為了達到離開這個城市的目的，你甚至和趙光簽訂了那荒唐的合同。不過有一點你可放心，你們的婚姻還可以維持下去，如果沒人蓄意破壞的話（譬如我），因為你現在的婚姻讓你找到了父愛的感覺。趙光的年齡和容貌很容易讓你得到這一點。實際上，他還揍過你，我注意到那次你從上海回來後，嘴角和手臂的傷痕。他歪打正著，擊中了你的內心。另一方面，你也滿足了他在婚姻方面的虛榮心。你從這裡回上海，他第一件事肯定是拉著你走親訪友甚至到他單位上露面，是不是？你要什麼他都會給你買，你怎麼撒嬌刁蠻他也會容忍。但趙光並不能滿足你另一方面的愛。那種兩情相悅的男女之愛。即使他能容忍你的越軌，但他父母肯定不能容忍。他們家，應該有一點女權傾向，家裡是他媽媽當家的。雖然你們有單獨的房子，可他媽媽會經常過來察看、監督你們。為此，你只有離開上海。作為報復，你拒絕給他們家生孩子，同時也隨時做好離婚的準備。不過別急，你們還是離不了婚的，倒不是因為那張經過了公證的證書。你也知道這一點，於是你又過起了類似於以前的放蕩生活。你希望那邊有一個類似於虛幻的父愛，這邊又可以不斷地尋找兩情相悅的男女之愛。漸漸地，你對這種生活產生了依賴。它能讓你興奮。讓你得到快感。但這些喧囂的泡沫下面仍是你孤獨的內心。你要不斷地填充它。你知道很多東西是靠不住的，知道很多男人不過是在和你逢場作戲（你曾把這個詞改為「逢床作戲」），他們利用你，你也利用他們。你要讓他們知道你並不是好欺負的。你拼命用他們的錢，讓他們心痛。如果他們不心痛，你自然有其他折磨他們的法子，譬如故意和他們的老婆爭風吃醋，不讓他們按時回家。你對他們表現出越來越強烈的佔有欲，並不是說你對他們多麼有感情，而是因為你心裡的不平衡。你懷著一種惡作劇的心理跟他們交往。不用說，這種放蕩而荒唐的日子並不能維持多久，遲早，他們會找理由離你而去，而在他們快要離開你的時候，你先發制人，搶佔了主動權，主動離開了他們。你怎麼能容忍他們拋棄你呢？雖然他們一個個如釋重負，但至少在面子上，還是你主動的。接著，你又有了別的男人，為了徹底把頭一個男人打敗，你還會故意帶著後一個男人到頭一個男人那裡去炫耀，故意讓他知道你又有了別的男人，甚至比前一個更出色。這就是你那次叫我打電話給鄒孟輝的原因，後來你還帶我去他們公司，可惜那天他出去了，沒有見著；你是個在感情上錙銖必較的人。

沒有其他男人的時候，你的空餘時間也是由購物填滿的。彷彿只有物質才會填補你的寂寞。你花錢如流水。你從不坐公共汽車，出門都是搭計程車。你一個月三千塊錢的工資不夠用。你什麼都想開了。為了和時間作鬥爭，你迷上了美容，相信那些化學藥劑。畢竟是三十多歲的女人了。你把美容也當作了打發時間的最好方式之一。你越來越離不開它。你不知道，每次醒來時，你顯得多麼蒼老。臉上有很多褐斑。眼泡浮腫。美容使你臉上的皮膚越來越薄，沒有任何抵抗力。這時，我的憐憫之情便油然而生。你是一個迷途的女人。你的缺點在我面前就像清水裡的鵝卵石，清清楚楚。你是一個最單純也最複雜的女人。那次，我的淚水感動了你，你的淚水也感動了我。你其實是一個容易感動的人。我的眼角，至今還有那淚水的灼熱。我愛你，艾約。我像愛一個病人那樣愛你。也像愛一個天使那樣愛你。我愛你像愛自己。我知道你內心的魔鬼多麼巨大多麼可怕，但我不怕，我已經打定主意，我要麼讓你擺脫魔鬼的控制，要麼和它同歸於盡。

他們都在電話裡泣不成聲。

回來時，他去車站接她。那趟車並非直達省城，而是在離省城有半個小時路程的一個郊外車站停駐。她在車上給他發簡訊，說下車時會有一個英俊的年輕男人送她下車，問他信不信？他故意說，不信。等火車到站時，他在站臺上看到，還真的有一個青年男人幫她提著行李把她送到門口。他朝那個男人擺了擺手表示感謝。

有一段時間，他覺得他這個精神病醫生還真的把她的病給治好了。他覺得，對於某些病人，只要向他們指出，疾病便會不治而愈。好像他們只需要某種共鳴，某種理解，或某種必要的揭示。彷彿他的手，他的語言，可以化石為鳥，點鐵成金。

她開始自己做飯。不一定為了省錢，但這是熱愛生活的一種方式。她買來食譜，倒也學得津津有味。每做好一道菜，都高興得不得了。有時還打電話叫他過來品嘗她剛做好的一道菜。為了表示隆重，他就叫了一輛車。他說，叫車過來嘗新菜，怎麼樣，頗有點古典詩歌的意境吧？看她繫著圍裙，忙裡忙外，胡亂哼著歌曲，發絲濕濕地貼著額角，他不由得笑了起來。他說，越來越像一個好女人了，一個小妖精，搖身一變，就成了一個好女人。她的面色紅潤起來。她不再跟其他男人打那種很調情的電話，也不會當他的面跟趙光發嗲。他又講過她一回。這次只講過一回，她就聽了，這讓他有些感動。現在出門，她會跟他一起去擠公共汽車。在商場買衣服，也不再像貓抓老鼠似的逗人家玩，懂得尊重別人。她說，她要學著做一個樸素的女人，一個賢慧的女人。以前，她總說她要嫁給他，現在，反而不說了。只是不管他怎麼勸說，她也不肯給她媽媽還有妹妹打電話。隔閡深是一方面，或許，還有一方面是因為她不好意思。這是好的現象。有時候，羞赧的情感會讓人的心靈得到舔治和復甦。國慶長假期間，趙光要來。她很不希望趙光來，但她沒有辦法阻止。為此她很苦惱。趙光是早晨到的，在趙光到來之前，他們還抓緊時間在一起纏綿悱惻，憂傷不已。甚至在趙光到來之後，她還頑皮地找機會出來見了他一面。

6

他是在趙光來的那次，忽然覺得自己的體內不對勁的。一個陌生的魅影張牙舞爪地竄了出來，讓他焦躁不安，內心充滿嫉妒。開始他以為是愛情在起作用。毫無疑問，他已經愛上了這個女人。愛上了她的所有優點和缺點。如果說嫉妒，以前他也有。那是他剛對她產生好感一個人獨處的時候，他老是想，她又在和誰幽會呢？有一次，他因為出差，跟她分別了近半個月，回來發現她房間的地上有一隻煙頭，床邊有份《環球時報》。他感到奇怪，因為她是從不看報紙的，現在，它卻被扔在床頭櫃上。那段時間，他們剛好鬧了點彆扭，她可能是為了氣他，一會兒說有人給她介紹了一個師範大學的教師，一會兒說有人給她介紹了一個公務員。他想，說不定那只煙頭和那份《環球時報》，就是那個大學老師或公務員來拜訪她時留下的。那次的見面，就有些不歡而散的意思。雖然他強裝笑臉，可那只煙頭和那份報紙一直盤桓在他心頭揮之不去。他裝做隨意的樣子問她，你什麼時候也買報紙了？她說閒著無聊，那天就買了一份。他輕描淡寫地問道，多少錢一份啊？她說，大概是兩塊錢吧，具體是多少我也不記得了。他心裡一沉。因為《環球時報》那時是一塊五毛錢一份的。伊拉克戰爭期間，他幾乎天天都買。他又在腦子裡搜索了一下，她並沒有抽煙的女友，甯小喬她們都是不抽煙的。後來，他通過間接而巧妙地打聽，還真的是甯小喬她們來打過一次牌，甯小喬還帶來了她的男友，那只煙頭才算得到解釋。那份報紙，他自己後來也解釋好了，那就是，她並不是一個買什麼都能準確地記住其價錢的人。她這個人，對數字沒什麼準確的概念。那時他完全能夠戰勝自己的嫉妒。但現在，他有些控制不住自己了，這是怎麼一回事呢？

其實事情的苗頭早就有了，只是他沒怎麼注意。譬如晚上他會檢查自己或她的房門是否拴好，管道瓦斯的閥門是否關上。有時候，他們都已經睡著了，他會忽然爬起來去檢查這些東西。他會趁她在廁所裡的時候，悄悄翻她的手機，查看她的通話記錄或簡訊。如果是陌生的名字，他會找機會旁敲側擊地打聽對方的情況。有一天晚上，他忽然搭計程車過來，待看到她窗子裡安靜的亮光，才悄然回去。

不久前，她說她瞞著他在外面兼了一份職。一家銷售公司的老闆正要找業務經理。他們在××大廈同乘電梯上樓，那位老闆一眼看中了她，叫她來公司，按業務提成，一筆大業務就可以賺幾十萬。她興奮得很。她告訴他的時候，據她說，她已經在那裡上了班，那位老闆還單獨約她在一家高級賓館的客房裡談過一次。開始他以為又是她耍的小詭計。如果她真的想瞞他，又怎麼會告訴他呢？但她還真的拿出一盒剛印的名片給他看。她似乎對自己一下子當上了業務經理很高興。其實誰不知道現在的公司裡，只要是負責業務銷售就是業務經理呢？她說眼前有一筆大買賣，如果能談成，她至少可以賺五十萬，等賺了五十萬，她就跟趙光離婚，付了趙光二十萬後，還剩三十萬，他們就可以把全國的名山大川遊個遍，再去歐洲，去美國。此後她就忙了起來。當然她只能利用晚上和週末的時間，一會兒說在陪客人吃飯，一會兒說在公司開會。她讓他聽手機裡的雜音，還真的有個人在講話。有一次，她忽然跟他來電話，說一個重要客戶晚上在賓館約見她，她問去還是不去。他說，不去。她嘻嘻笑著，說，有五十萬呢。他沒好氣地說，那你自己拿主意吧。

他為此傷腦筋。她是真的那麼天真還是故作天真呢？他看不出她在商業上的特殊才能。難道錢真是那麼好賺的？無非有兩種可能，一種是如果真有這麼一筆業務，她要談成，不用說要付出什麼代價，一種是她的感情產生了轉移，對他們之間的一切已經厭倦了。她的喜新厭舊的毛病又發作了。

也許，還有另一種可能，那就是，作為一個病人，她已經痊癒，而他卻發病了。現在，她的體內產生了抗體，那魔鬼放過了她，而竄到了他身上。他越想越覺得這是很可能的。他是凡人，可他擔當了一回上帝的角色，所以該遭此遣。與魔鬼相比，他勢單力薄，根本不是它的對手，結果是，魔鬼附體，他變成魔鬼。

國慶日長假，她說趙光要來，他忽然想，真的是趙光要來嗎？據他所知，以前都是她回上海探親的。她說她的很多個夜晚都是在火車上度過的。她說得淚光閃閃，楚楚可憐。趙光有糖尿病，一出門，針頭和藥瓶子要帶一大堆，所以他一般是不會長途旅行的。是不是她和那個老闆或其他什麼人要在一起度過這難得的長假呢？他被這個念頭折磨著。

他想，為了擺脫這種痛苦，辦法只有一個，那就是，弄清事實真相。這在醫學上叫「系統脫敏療法」。他一方面裝做很相信她的樣子，說他剛好也利用長假回鄉下看看父母，何況作為醫生，他們的假期也沒有她那麼長，總之這個假期他會很忙，沒空跟她在一起。另一方面他開始跟蹤她。

他沒意識到，為了治療一種病，他會染上另一種病。魔鬼開始顯露出它的三頭六臂。趙光到來的第二天早上，她偷偷打他電話，知道他還沒有回鄉下，便說趁趙光還在睡覺，她要跟他見面。她說這時候見面很刺激。她果然搭計程車來跟他見了一面。他心想，你大概是想親眼看著我踏上下鄉的火車吧，那好，我就讓你放心。他順勢和她纏綿了一會兒，然後跟她一起去火車站。他們先在售票點買好車票，到了那裡，就可以直接上車。她送他到驗票口，他拍了拍她的臉蛋，叫她不要送了。他們揮手再見。

他在半路下了車。回到省城已是晚上。他完全控制不住自己了。理智告訴他，他不能這樣做，可他的腳步總是搶在他頭腦前面。他悄悄潛到她樓下，見她房間裡沒有燈光，只好到外面走了一圈。回來，還是沒看到燈光。他想再等下去也不是辦法。過了十二點，學校關了大門，那時就出不去了。他又到她平時喜歡去玩的那些地方轉了轉，還是大海撈針不見蹤影。有時候，他看見一個背影很像她，疾步近前卻發現不是。還要提防真的是她，他好從旁邊開溜。他想起了一些往事，想起他們曾搭計程車到一家早已關閉的電影院去看電影。到一家很偏僻的招待所住宿。在大橋上，她忽然說她要跳下去。在公園裡，他們莫名其妙地爭吵。有一次，他們到一家上海人開的足浴城去泡腳，她和老闆娘說了半天上海話。你看，她既那麼討厭上海，又那麼急切地說上海話，或許，在她心裡，她是以一個上海人自居的，雖然她在那邊遭到了排斥和驅逐。那天晚上，他一無所獲。回來後做了許多惡夢。一會兒夢見跟她在一起的是一個老頭子，一會兒夢見跟她在一起的是一個老女人。一會兒夢見是趙光，趙光比照片上的趙光顯得年輕，臉上沒那麼多皺紋，下巴也沒那麼蒼老，後來趙光忽然穿上了一件藍花花的上衣，變成了費翔。一會兒夢見是一個完全陌生的面孔。

第二天一早，他又去找她。他躲在樹叢後面觀望。她依然門窗緊閉。這一天，他像條瘋狗似的，在精神病院和大學的小區之間來回奔竄。他的樣子像戀愛。他衝到路邊，手在空中劃了一下，一輛計程車猛然停在跟前。他懵懵懂懂上了車，說，快，××大學。車子調轉了方向。快。快。路口。紅燈。快。快。一整天，他都在重複這個動作。

他越來越瞧不起自己了。他強顏歡笑地給她發簡訊：下午順利到家，勿念。父親身體尚可，只是母親起居大不如前。田野風景很美，以後，你和我一起來吧，你說你最想鑽一鑽鄉下的草堆，我已叫父親特意留了一個在那裡。他一面像個偵探似的鬼鬼祟祟，一面又像個失戀的狂徒，眼窩深陷眼泡浮腫。

他擔心晚上做惡夢，結果真的做了惡夢。他希望夢見她跟別的男人在一起，免得她下落不明，結果夢裡的那些男人他一個都不認識。她跟他們打情罵俏，在床上翻滾。他想他應該失眠了，那天晚上他果然沒有睡著。他想他應該頭痛、注意力不集中、情緒不穩、對人缺乏熱情，果然他就開始頭痛注意力不集中。那天和塗榮廣對面相碰，塗榮廣跟他點頭，他理都不願理。他一遍遍地到水龍頭下洗手。摸了手機要洗手，在外面吃了飯要洗手。他的肝部開始隱隱作痛。他知道，精神分裂的前兆是，對人冷淡、與人疏遠、對親人懷有敵意、少言寡語、獨自待坐、無目的漫遊、生活懶散、不守紀律、對人勸告不加理睬，他都已經按那些要求一一做到了。他翻出相關資料和筆記，把它們一一熟記。由於他的記憶力已經大不如從前，他不得不花比以前更多的工夫。他慢慢地、一條條地記著。如果還記不住，他就生氣地把那些紙條吃了下去。幾天下來，他已吃了很多這樣的紙條了。這導致了他的便秘。——很好，便秘也是精神病人常見的症狀之一。這麼說來，他已經是一個精神病患者無疑了？對，他還應該懷疑自己有病，於是他馬上如願以償。他記錄了一個想方設法打開樓道口、然後站在屋頂上想從那裡跳下去的病人，那個人見不得被封住的東西，即使是冬天，也大開窗戶讓北風長驅直入。他因樓道口被封一直煩躁不安，後來他終於把樓道口打開了，但他並不認為是在跳樓……等他意識明白的時候，才駭然發現自己正站在陽臺的欄杆上。燒開水時，忽然停了電，臨出門他還回頭檢查了一下，確定已經把電熱水瓶拔離了電源，但回來時他驚訝地發現電熱水瓶已經燒壞了，瓶膽也已經爆裂，一地的碎片。他不明白是誰把它又插上去了。難道他跟他的病人一樣，要把瓦斯完全打開，才不會擔心它沒有關上？他聽見塗榮廣在背後說他的壞話，聲音越來越響。他聽見艾約在和他不認識的男人放浪形骸。他們在嘻嘻地嘲笑著他。那天他看到那做父親的爬過鐵門帶著被咬掉了生殖器的兒子向外奔跑時，他忽然也有了一種強烈的爬上去的衝動。他偷偷到人事處想查看自己的檔案。每次經過運鈔車時他心驚膽顫擔心警衛的槍走火。他仔細觀察過，那都是衝鋒槍啊。他擔心自己和某個正在被人追殺的傢伙長得很像，他們隨時都會從背後朝他開槍。他想把自己的字寫得誰也不認識。想脫光了衣服在大街上狂奔。想破罐子破摔不上班不洗臉不吃飯蓬頭垢面衣衫襤褸。許多精神病人有一種典型症狀是「木僵」：言語、動作和行為明顯減少，笨拙，或者乾脆不言不動、不吃不喝，長時間保持一個固定的姿勢不變。於是第二天一早，他驚訝地發現自己坐在那裡，也如石塊一般僵硬了。他走上前想撼動那塊石頭，結果這一個自己也被吸附過去變成了石頭。他瞪著眼睛，待待地看著自己這塊石頭神奇般地越來越大。

第四章

1

這天，他像往常一樣走出單位辦公大樓。院子裡照例停著許多車子。門衛老張戴著手袖背著手在那裡走來走去。如果是外單位的車子，老張會很凶地轟著人家。經人家搖下玻璃再三申告，他才放行，並指著一個方向讓你沿著前進，稍有差池他又跳了起來。因此老張的那條戴了袖章的手臂總是伸得特別的直。但說實話，他對這門衛的作用還是有些懷疑的。他已接連在院子裡丟了三輛自行車。並有兩次都是鎖在鐵欄杆上。鎖車的地方空空蕩蕩，他腦袋一嗡。開始丟的是在解放路買的那種舊車子。眾所周知，那是專門賣舊自行車的地方，夫妻或兄弟形成偷賣一條龍的流水線。以至他再買舊車的時候，不禁拍拍座墊，對賣方說，車是好車，只是過不了多久，它又會回到你這兒來啊！賣車的中年婦女發出了會心的微笑。那種微笑，就像你朝佛像前的水缸裡丟硬幣，眼看著硬幣搖搖擺擺斜下去了，圓闊的水面也不過抿了一下嘴唇。當他剛把一輛舊車騎出感情來它又丟了之後，他終於深刻地認識到，不能再買舊自行車了，正是人們貪小便宜的心理，餵養和促進了這一市場的發展。也就是說，人們越是頻繁地光顧這裡，丟的車會越多。如果大家不貪這個便宜，他們的車賣給誰呢？既然賣不出去，他們偷那麼多車來幹什麼呢？所以此後他買了新車。為了防止新車被偷，他鎖了兩把鎖。他在上下班的車流中，驚訝地發現幾乎每一輛車子上都掛了至少兩把鎖，有一輛電動車，居然掛了四把。他掏出鑰匙。他已經看到他的自行車了。有一輛廂型車頭朝外屁股朝裡擋住了大門，既不進來也不出去。奇怪，老張怎麼不管了？不過不要緊，他可以側著身子從車和大門的夾縫裡擠出去。

正在這時，忽然從廂型車上走出幾個人來，他們似乎對著手裡的什麼看了一眼，其中一個人還在打著手機。他們走過來對他說，禹漱敏，跟我們上車。

他說，你們是什麼人？要我上車去幹什麼？

他們說，我們是老熟人了，我們看過你多次，只是你沒注意到我們。

他說，可我真的記不起你們了，你們不說清楚，我是不會跟你們上車的。

他們說，上了車，你自然就知道了。

他想，他大概是遭到綁架了。電視和報紙上經常說，什麼地方又發生了綁架案。但人家來綁架他幹什麼呢？不管那麼多了，他扔下車子掉頭就跑，心想現在還來得及。

那幾個人早就防了他這一手。一個人眼疾腳快，擋住了他的去路，另兩個人架住他的胳膊，把他塞進車裡。臨上車的時候，他回頭看了一眼背著手站在那裡的門衛老張，他想朝老張喊救命，但嘴也被人家摀住了。他注意到，大概是擔心別人看不到臂膀上的紅袖章，老張背著手站在那裡時，還故意微微側著身子。

2

他被按在車裡一動不動。還好，嘴巴被放開了。他喊道，你們是誰？讓我下去！沒人理他。他的喊叫很快在車裡消失了。被座墊和靠背上的海綿吸走了。他說，你們卑鄙！發動機嗡嗡著。他想用腦袋撞擊車窗玻璃或頂蓋，很快，腦袋也被按住了。他掙扎著，轉過頭來咬那些按著他的手，結果換來的是一塊抹布。他聞到了濃濃的機油味。

車子停下時，他還在掙扎。抹布一拿開，他又開始了喊叫。他想，他為什麼不反抗為什麼不喊叫呢？犯罪分子之所以那麼猖狂，就是因為敢喊敢叫的人太少了。對此，他早已作好了準備，隨時準備反抗準備喊叫，不管是在公共汽車上看見小偷，還是在大街上看見有人在犯罪。他是公務員，不是小公務員；他是市民，而不是小市民。作為一個市民，他應該懂得古希臘的城邦制度，和現代意義上的民主，而不僅僅是每天晚上坐在那裡看雞毛蒜皮的都市現場節目或無聊的電視劇。

但他忽然停止了喊叫。車子停下了。那幾個抓住他的人，忽然變戲法似的拿出了一件藍白相間帶條紋的衣服。他們把他帶下了車。他這才意識到自己被送到了精神病院，他們手裡拿的是病服。他已有一段時間沒來這裡了。那個人抓住他，扒他的衣服，想把他的衣服脫下來換上病服。

他忽然預感到了什麼，又大喊大嚷起來，並且拔腿就跑。當然是跑不掉的。他的腦袋和四肢被重新按住。他們把他按倒在醫院大廳的一張長木凳上。兩名穿白大褂的護士立即將他的手機、證件、通訊錄、鑰匙等東西搜走。

他聽到有人說，先給他打一針鎮靜劑。

他的腦袋被額頭朝下下巴朝上按著。從一個人的腿間，他看見另一個人穿著白大褂站在那裡。那個人身材魁梧，為了看得清楚些，他又把腦袋動了動。他認出來了，那個人是醫院裡的塗榮廣主任。

兩隻肘子壓住了他後背。

一股冰冷的液體被推進他的血管裡。

緊接著，他的衣服也被扒掉了。寬大的病服像既成事實一樣牢牢罩在他身上。

他說，我要見梁醫生。

塗醫生說，現在，我是你的主治醫生。

他嚷道，誰說我有病？誰說我要你們治療了？

塗醫生說，你現在是一個病人，精神病人無責任能力，你說的話算不了數。

他說，我沒病。

塗醫生並不想跟他爭辯什麼，只是招了招手，接著，他被扭送到塗醫生的辦公室。他看到，斜對面的梁康蒙的診療室關著門。

他說，是誰要把我關到這裡來的？

這回，塗醫生說話了。他說，我們是受你單位的委託，收治你的。

他睜大了眼睛：什麼？單位？

塗醫生拉開抽屜，拿出一份列印資料朝他晃了晃，並翻到最後一頁讓他看了看蓋在上面的公章。

他吼道，這是誣衊！

塗醫生示意他身後的人讓他坐下來。於是他感到自己的脊椎被猛然折了一下，他的腰和腿一彎，坐下來了。塗醫生拿出早已準備好的紙和筆，開始提問。

姓名？

你知道。

嚴肅一點，我們這是在給你作初步鑑定，你不配合，只能說明你狂躁偏執。這是精神分裂症的典型症狀。

他瞪了一眼。但他忽然顯出玩世不恭似的神氣來，有些嘲弄地打量著對方，說，那好吧，你大權在握，儘管問好了。

姓名？

禹漱敏。

年齡？

三十二。

職業？

公務員。

現任職於何單位？

省××局××科。

前段時間，你是否經常來我院就診，懷疑自己出了精神方面的問題？

是的。

你是否覺得孤獨，和環境格格不入？

是的。

他擺了一下腦袋。這是多年伏案形成的類似於職業病的習慣。坐在那裡時間長了，就會用力擺一下頭。

你是否覺得自己鬱鬱寡歡，精神萎靡不振？

是的。

最近是否經常失眠，頭痛，記憶力下降，常做惡夢？

是的。

你是否懷疑別人在背後說你的壞話？

是的。

你是否產生過幻覺，彷彿聽到了那些？

是的。

你是否越來越覺得和別人交往困難，或者說，根本不願和人交往？

也許。

近來，你是否逐漸表現得有些不遵守紀律，遲到早退較多？

有一點。

是否感覺工作效率沒有以前高？

不知道。

塗醫生點點頭，朝紙上寫了點什麼。過了一會兒，擡起頭來接著問：近來，是否一方面對單位或其他事情興趣減少，與人交談時容易走神，另一方面又容易激動，會因小事痛苦流淚或無故高興？

請問，什麼是小事？

注意，是我在問你，不是你在問我。請回答。

傷及到人格和尊嚴的事是大事還是小事？

注意，請直接回答。

那我告訴你，有時候，我會因小事激動或流淚，譬如一個賣菜的鄉下老太婆挨了城管的打，或者一個人愛臉紅，就被人懷疑是小偷。還有一次，我在去山裡旅遊的石級上踩死了一隻蟲子，我一直為此內疚。那一年冬天，下著很大的雪，我在一家高級賓館的酒樓裡看見了一隻悠然自得的蚊子，你說，要讓那只蚊子安全過冬，要用多少能源維持那裡的空調？你說，這些是小事還是大事？現在，你們無端說我得了精神病，這是大事還是小事？

這時，他才感覺出，自己的肩膀一直被人用力按著。

塗醫生說，那我問你，你是否承認自己得了精神病？

沒有，梁醫生跟我說過，一個知道懷疑自己精神出了問題的人，是沒有精神病的。

那你現在怎麼想？你是不是還以為自己沒有精神病？

是的。

那我告訴你，不承認自己有病，正是精神病人的突出表現。每一本關於精神疾病方面的書上都是這麼寫的。

書上？難道書上就沒有錯誤麼？

我再告訴你，你這是敏感多疑。屬於精神病患者的性格改變。

荒唐，太荒唐了，照你這麼說，每個人都可能是精神病。

你粗暴無禮，自私傲慢，同時出現了推理判斷障礙和妄想觀念。

你這個書呆子，反正我沒病！

感知障礙。

去你媽的！

那我現在就把我們初步的鑑定結果告訴你，你患了狂躁型精神分裂症。

3

他被關進了醫院的強制病區。剛開始，他整天大喊大叫，可每次折騰都是以一針冰冷的液體被強行推進他的靜脈血管而結束。他不肯服藥，會有人來撬開他的嘴巴。這些景象他以前在電影裡看過，沒想到現在應驗在自己身上。他想，再這樣下去，他真的要變成神經病了，那時，他向有關部門討要說法都沒有證據。人家會說，你看，你不已經是一個精神病人了麼？就像小時候，看到巷子口有人算命，大家說，那個瞎子算得真準，說××和××要分手，沒多久，他們就真的分了手。可他總是想，不是算命的準，而是××和××自己在心理上配合了那個算命的，讓他的讖語變成了現實。所以他勸自己安靜下來，不要讓那個姓塗的自以為得計。

他開始裝出配合的樣子。強制區的病人，有的完全被綁在病床上，動彈不得。有個人不但大喊大叫，還見誰打誰。聽說一個二十多歲的女孩子，以前在這裡住過院，後來家裡沒有錢，治不起，讓她回家休養，誰知在家裡經常打人，有一次把她媽媽都打傷了。這次是因為她趁鄰居出門時，用一把菜刀在鄰居八歲的女兒臉上劃了十幾刀。現在她躺在那裡，還嚷著給她刀，刀。他還看到一個人正在接受治療，醫生把他綁在那裡，在他身上塗滿了各種液體，有米湯，髒兮兮的柴油，墨水，染料，甚至還有臭烘烘的大便。那個人嘶啞著喊道，讓我死吧！但醫生還在頗有耐性地把髒東西往他身上一層層地慢慢塗抹著。據說那個人有嚴重的潔癖，一天要無數次地洗手，洗澡，洗腳。有一次停了水，他就忽然犯了病，狂叫著要去找自來水公司的人拼命。禹漱敏猜想，這種療法大概就是要讓一個敏感的人變得麻木，有潔癖的人不再有潔癖，可一個人敏感和有潔癖真的完全是壞事麼？照這樣說來，屈原和陶淵明也是有精神病的，應該去接受一下電擊或滿罐療法。精神病院的醫生們是大多不會管有沒有《離騷》和《歸去來兮辭》的。至於那些不惜拋頭顱灑熱血的革命者，是不是也可以通過這種方法，讓他們變成「良民」呢？他笑了笑。他想他不能被綁住。他把藥片含在嘴裡，等護士轉過身，忙吐在手心裡，再想辦法處理掉。剛開始護士的監督很嚴，為此他練就了一門把藥片藏在舌頭底下的本領。他的舌頭輕盈靈活，每和他合作完成一回這樣的惡作劇，都要讓他張開嘴巴乘個涼什麼的。他和它配合默契，心照不宣。他竟然從中找到了樂趣。又過了幾天，他才被轉移到普通病房。

在這裡，要相對自由一些，可以在指定的地方散散步。聽說還可以被探視。家裡人肯定很著急了。岳父，妻子，女兒，哪一個離得開他呢？他們是否知道他被關在這裡呢？他曾多次設想自己出了什麼意外事故，把他們扔下，他們一個個都不知怎麼辦。譬如說他突然失蹤，或出了車禍，像好萊塢電影裡一樣，變成了幽靈，他能看到他們，他們卻看不到他，甚至剛開始，他自己都沒意識到自己已是一個幽靈了。為此他不免自問，現在，他到底是一個人還是一個幽靈呢？

他後悔那次不該跟譚霞成吵架。或許，他真的有神經病，居然懷疑那件事跟妻子有關，居然懷疑她就是那個人。妻子是他以前的同事，那時，他們在同一所中學教書。他考上公務員後，妻子不服輸，說，明年我也去考個公務員玩玩。第二年，她真的考上了。那時考公務員不像現在人這麼多，聽說今年的錄取比例是五十比一。考上後，妻子洋洋得意。他請她和女兒吃了頓巴西燒烤。他還記得他向妻子求愛時的情景。那是學校為優秀教師組織的一次旅遊，他們都去了。晚上，她忽然敲他的門，問能不能到他房間裡來洗個澡，因為她那間房裡滿是人，他們在打牌，跟他同住一間房的人也打牌去了。她不喜歡打牌。他也不喜歡。他激動得手忙腳亂，心想，她這麼信任他，至少，對他也是有好感的，不然誰會提出這麼大膽的請求？在她洗完澡，臉上紅撲撲濕漉漉地從洗澡間出來的時候，他就不失時機地邀請她去散步。在月色中和梧桐樹下（那時，許多城市的街道兩旁栽著的是法國梧桐而不是像現在這樣清一色的樟樹），他呼吸急促，忽然問她，我們這樣，是不是已經是那方面的朋友了呢？她故意裝糊塗：那方面是哪方面？他急了，說，就是說不是普通的朋友，而是……他看到她在笑，於是明白她其實早已懂了，他不禁勇敢地上前去抓住了她的手。

她上班的地方在市政府。前不久，市政府的一個領導被抓起來了。報紙上說得很明白，檢察機關從那位領導的抽屜裡搜出來了一本日記，上面不但記載了許多行賄受賄內容，還有他給情婦們買的許多貴重物品的清單。他仔細地看了報導，上面說日記裡提到的身份曖昧的女人有數十個，其中有「唐××」、「劉××」、「周××」、「秦××」、「譚××」和「李××」。報紙上當然不會出現真名，但越這樣，他就越覺得那個「譚××」是她。譚霞成上班時和那位領導只有一牆之隔，並且要經常向對方彙報工作。她是市政府大院裡最活潑最漂亮的女人之一，其實就算不是最漂亮的，恐怕也難逃厄運。報紙上說那個傢伙貪得無厭，好色成性，對於眼皮底下的獵物怎會輕易放過？

那天，主任忽然很熱情地問他：你愛人好像姓譚吧？起先他沒明白，後來看了報紙才反應過來。辦公室訂了這份報紙。而且整個大院裡，每個科室都訂了這份報紙。這一下，問題就嚴重了。他走到哪都感覺有人指指點點，甚至別人正在面對面說什麼，一看到他，馬上閉了嘴，等他轉過身，又開始嘀咕。

他記起來，有一次，他把手從她衣領裡探進去，忽然問她，如果你們領導勾引你，也像我這樣把手插進你衣服裡，你怎麼辦？她說，我會請他自重。說著，彷彿他的那只手果然變成了領導的手似的，她厭惡地皺了皺眉，把他的手打開了。他暗暗鬆了口氣，但她那個搭計程車動作，未免有些輕佻，所以他馬上又問，如果他死皮賴臉呢，或者以工作為由要脅你呢？同時，他再次把自己的手當作她領導的手，重新從她的衣領裡插了進去。她依然毫不猶豫地把他的手打開了。這次，她的動作讓他比較滿意。他想了想，又說，如果你們領導長得帥，又經常買你喜歡的東西送給你討你的歡心呢？她擡起頭，忽然說，那我就答應他。雖然她馬上把緊繃的臉皮鬆開了，可他覺得，也許她剛才的玩笑並非完全是玩笑。就像有時候她問他喜不喜歡別的女人，他的回答也半真半假一樣。

這樣一想，類似的疑點就越來越多了，譬如他們正在做愛，他會忽然發現她眼睛望著別處。她的皮包裡經常會有莫名其妙的禮物出現，有時是一條項鏈，有時是一隻玉墜，還有一次是一瓶高級進口香水。按道理，這些東西是要他陪她去買的。有時候，她會莫名其妙地激動。有時候，她推說單位上有應酬，回來得很晚。還有，她明明在發簡訊，看到他，馬上就中止了。他聽到她在打電話，可他一進門，她就把電話掛了。

那位原領導被抓起來後，她單位上也鬧翻了天，有一段時間完全處於癱瘓狀態。許多職員被有關部門叫去調查或談話。緊接著是單位宿舍裡，年輕或不怎麼年輕的夫妻吵架越來越頻繁。單位上的那張報紙，開始好像被誰故意放在極醒目的位置，等他後來去找，又怎麼也找不著。他到報亭重新買了一份，帶回家，放在茶几上，看她的反應。她瞄了一眼，果然不自在。又過了一會兒，她借抹茶几的機會，做賊心虛地把它揉成一團扔進了垃圾簍。

他把一切看在眼裡。他走過去，把報紙撿起來，重新打開。他說，還沒看完呢。說著，翻到那篇新聞，裝作剛剛看到的樣子，驚訝地說，呀，是你們單位的呢。然後用緩慢的語速把文章朗讀了一遍。

他說，你們領導，有那麼多女人啊。

他說，也難怪，我要是他，也會這樣的，手下漂亮女人那麼多，他有權有錢，而那些女人，既要滿足自己的物欲，又要滿足自己的虛榮心，剛好他兩者都能提供嘛。

他說，說實話，我認為這件事，責任不完全在他，我倒挺同情他的，他被那些女人利用了，他成了她們滿足物欲和虛榮心的工具。

他嘮嘮叨叨，一會兒旁敲側擊，一會兒指桑罵槐。她說你有完沒完，他說沒完。

他們吵了起來。

隨著爭吵的升級，他乾脆說道，對，我覺得那個「譚××」就是你。

至此，那遮掩的東西完全撕破了，他們從熱戰轉入冷戰。

以前他是個很勤快的男人，下了班總是忙這忙那，他熱愛美食，喜歡烹飪，廚房裡是一把好手。以前，她每次下班推門進來，看到的是繫著圍裙、眼鏡上蒙著一層霧氣的他和桌上熱騰騰的飯菜，他們一邊吃飯一邊談點彼此單位上的趣事，然後哈哈大笑。飯後，他們手拉著手沿著街道或公園的湖堤散步。可現在，一切都變了。家裡不再熱騰騰的。他們的表情很乾燥，風一吹，冷漠的細屑掉下來，滿屋子飄飛。

他也想到過報復。有一件事，就是她在飯桌上告訴他的，物價局的一個人，老婆被領導搞了，他想報復，但想來想去，也不知道怎麼報復才好。後來他忽然想到了寫匿名信。他把那個傢伙的貪污受賄玩女人都寫了，信寄出去後，什麼反應也沒有。他想找黑社會的人教訓那個傢伙一頓，他問別人，你知道黑社會的人在哪裡嗎？別人都搖頭。他很奇怪，黑社會性質的犯罪事件，電視新聞裡幾乎天天有，但他就是找不到他們。他又去想勾引那個傢伙的老婆來求得心理平衡，誰知人家根本看不上他。末了他只好故意到紅燈區去染了病，然後他就像一個播種的人，幸災樂禍地等待預想中的事情一步步發生。不久，他果然在性病醫院裡碰到了那個傢伙。他對那個傢伙笑了笑，那個傢伙也彷彿認識他似的對他笑了笑。不過他還是很心疼，治這種病，畢竟要很多錢。這時他看見那個傢伙叫醫院裡開了一張發票，並且金額比實際所花的還要高出許多。他沒想到那個傢伙不但沒吃虧，反而還賺了一筆。

可是，他怎麼能這樣報復譚霞成呢？他不會那麼傻。她是他妻子啊，他們相濡以沫，榮辱與共。這樣下去，受傷害的只能是他們自己。他決定打破目前的局面。以前小吵小鬧也是有的，但那是甜蜜的調味劑。每次爭吵過後，彼此間的熱烈倒增加了一倍。有時候為了追求這種熱烈，他們還會故意製造一些爭吵，現在怎麼成了這個樣子呢？他們都是對生活很負責的人。在這方面，他甚至是個急性子。如果她心裡有什麼疙瘩，他一定要給她解開。不然他比她還難受。打個比方，如果他打算跟她離婚，也一定要馬上離成，好讓對方和自己開始新的生活。他最怕彼此耗著。這麼長時間，他和她都沒有想到離婚，這說明他們並不想讓事態進一步惡化。

那件事，他也想開了，即使真有那麼回事，他也會原諒她的。人不可能不犯錯誤，人人都有弱點。那是人性的弱點。說不定，那些項鍊香水什麼的，是別人用來賄賂她的，她不好意思跟他講。現在，什麼地方沒有賄賂呢？多多少少總是有一些的。她本身就是一個辦事能力強的人。再者，換了一個角度想，假如那日記完全是該領導的虛構呢？他為了滿足自己的虛榮心或出於某種病態心理，故意編造了那些日記，也是完全有可能的。

這樣說來，把當事人的日記作為辦案的重要證據，是合理的麼？還不說日記也屬於個人隱私的範疇。相關部門在行使法律權力的時候，是否也踐踏了法律本身呢？

他又開始思考那些形而上的問題。在思考這些問題的時候，他又變得兩眼放光旁若無人了。那天他忽然抓住她的手，問她，把日記作為犯罪證據，你不覺得有些荒唐麼？我讀中學的時候，就曾在老師的授意下虛構了許多日記，有一篇還得了獎。

她把手抽了出去，不理他。

他說，我也很荒唐，居然被迷惑了。

他自我檢討著，忽然一句話觸動了她什麼地方，她終於笑了起來。

她說，你神經病！

什麼？你也說我神經病？他胸口一緊。

她見他變了臉色，忙問他怎麼回事。其實單位上的事，他很少跟她說，要說也是說輕鬆有趣的事。他跟主任之間的矛盾，還有他偷偷到精神病院去看過醫生，他都沒跟她說。他在網上查找相關知識。他把自己近來的身體和心理表現跟網上逐一比對，不禁大驚失色。這時他仍然笑了笑，說沒什麼，家裡冷了這麼長時間，忽然解了凍，我太激動了。他站起來，轉過臉，眼裡盈滿淚水。

現在，譚霞成急成了什麼樣子呢？

4

他說，我要見梁醫生，在你們醫院裡，我只信任他。

護士說，好啦好啦，我一定會把你的意見反映上去。

他皺了皺眉說，別用這種跟小孩子說話的口氣跟我說話，告訴你，我沒瘋！再說，即使我瘋了，也不是小孩子。你們怎麼像幼稚園的老師那樣，把什麼人都當成小孩子？不，不僅僅是你們，其實很多人都這樣。他們說，好不好呀？下面說，好。對不對呀？對。行不行呀？行。

護士笑了起來。那種笑容，在他看來，也是諱莫如深或正中下懷的，彷彿他剛才的那些話，正好印證了他們的診斷，或者，又可以讓他們給他一個新的病名。不知怎麼的，他在念叨「病名」這個詞的時候，他的意識中卻是「罪名」。或許，在有的人看來，它們也的確相去不遠，譬如有人說，孤獨的人是可恥的。他一直想不通，孤獨怎麼可恥呢？難道在他們看來，孤獨或不合群也是不可饒恕的罪行？譬如他們說，容易被小事激動也是精神病患者的典型症狀，那麼究竟什麼是小事什麼是大事？它們到底由誰說了算？他們大概是想每個人都說同樣的話做同樣的事，把每個人都修理成同一個模樣吧？

因此他迫切地想見到梁醫生，想跟他談談這方面的問題。也許，只有他才理解他。

那段時間，和梁醫生交談幾次後，他心情輕鬆多了。並且在梁醫生的指導下作了一些心理調適，效果很好。他和梁康蒙幾乎成了朋友。至少，他在心裡是把梁康蒙當朋友的。可精神病院也跟外面一樣爾虞我詐。從梁醫生的話中聽出，他在這裡並不開心。

他懷疑護士沒把他的話當話，根本沒把他的要求反映上去。在她們眼裡，他是一個精神病人，誰會把精神病人的話當真呢？

他又喊了起來。

這次，終於來了人。是塗醫生。塗醫生說，梁醫生休假去了。

他問，他什麼時候回來？

塗醫生注視了他一會兒，說，梁醫生會回來的，等他回來了，你一定會見到他。

他安靜下來。他像一個病人那樣安靜了下來。在別人眼裡，他肯定是這樣的。忽然意識到這一點，他很害怕。他想再用吵鬧和喊叫來表示他的反抗，但那樣，他們會再次把他送到強制病房，進行捆綁、電擊和注射。

他想，我還是裝糊塗吧，就像他在單位上那樣。此刻譚霞成一定在為他奔走，會儘快救他出去的。

5

××精神病院，茲將我單位科員禹漱敏近來的精神衛生情況報告如下：

近階段以來，被送人禹漱敏行為異常，按道理，作為國家機關單位工作人員，應該懂得遵守嚴格的作息時間，可是他逐漸表現得不遵守紀律，無故遲到早退，甚至不經請假就曠職的現象也屢次出現。外表上不修邊幅，十天半月不刮鬍子，而且據其妻子譚某講，近階段生活懶散，不願洗澡換衣服，最長的一次，內衣穿了兩個多星期才換，外衣更是長達一個月之久。精神易激動興奮，易與人發生衝突，工作學習和其他活動注意力均不能集中，自我控制能力差，精神萎靡不振，對人冷淡、與人疏遠、對親人懷有敵意（關於這一點，我們後面會談到）、少言寡語、獨自呆坐，或無目的漫遊，對同事的勸告不加理睬。行動越來越遲緩，在辦公室裡經常端坐一隅，紋絲不動，對其他人的進出毫不關心，甚至失去起碼的禮貌。具有自戀人格傾向，完全沉浸在自己的小世界裡，整天戴著耳機，尤其喜歡聽貝多芬，對具有瘋狂性質的音樂有特殊興趣。

被送人的疑病觀念很頑固，兩月前，他屢屢外出，到精神病院還有其他醫院作了各種檢查，擔心或相信自己患有某種疾病，希望得出患有疾病的結果。具有一定強迫觀念，反覆檢查字是否寫錯，門窗沒有關好。據其妻子講，在家裡，他也會反覆檢查電燈、水龍頭或瓦斯開關等。由於覺得手髒，床單髒，就反覆洗手，要妻子洗床單。在單位，也經常看到他洗手。只要動身便是洗手，不然就不動身。或者懷疑自己剛說過的話或剛做過的事有錯誤，就反覆多次地詢問周圍同事，求證自己的表現。他明知這樣的行為沒有必要，卻不能控制，否則就會焦慮緊張，痛苦不堪。

被送人對各種事物興趣減退，孤僻任性，沉默少語。與同事交談時不注意傾聽或很少回答，情緒多變，常因小事痛苦流淚或無故高興。有嚴重的被迫害妄想，且伴有幻聽，內容荒誕不經，常懷疑有人在背後議論或辱罵他，逐漸形成與周圍完全對立的局面。近階段以來，工作能力也大大下降，很簡單的日常工作，他連起碼的程式都忘了，譬如資料的格式，科室裡的程式，語法等等。在和同事的語言交流中，常常答非所問，言語支離破碎，語句缺乏聯繫。思維過程也很緩慢，以至影響言語速度。性格反常，無故發脾氣，自語，自笑或無端恐懼。而且，其情感反應與環境非常不協調，與思維內容不配合，甚至出現情感倒錯現象。譬如單位拿了先進，明明是一件高興的事，他卻表現得憂心忡忡。我們省城被評上了全國文明衛生城市，他卻冷嘲熱諷。看到別人笑，他覺得刺耳。據譚某講，他很反感她看電視劇、相聲、《同一首歌》、《挑戰主持人》、《相約星期天》等等收視率極高的節目，只希望她看新聞調查、社會紀錄、《法治線上》等節目。被送人具有某種比較明顯的反社會型人格障礙。他竟然說科學技術的進步毫無意義，說原始社會的人們也照樣活得很快樂，說馬克思當初對人類社會的階段劃分是完全錯誤的，自古以來，人類社會只有兩種，那就是民主社會和專制社會，說中國的歷史書應該完全重寫，不應該給秦始皇唐太宗朱元璋這樣的人大量的篇幅，不然會導致更多的權力崇拜，現在的很多宮廷電視劇就是證明，有許多亡國之君倒值得大寫特寫，他喜歡看外國足球不喜歡看中國足球，說很多人把體育和愛國混為一談，說現在關於二〇〇八年奧運會談得太多以至他一聽到「福娃福娃」就想吐……

另，據同事們觀察和與之交談，發現其有比較明顯的知覺障礙，有軀體不適感，如時常覺得頭部沉重，腦子模糊不清，他曾跟同事說，這段時間，他感覺自己的頭部好像和身體分開了。並且經常頭痛、頭暈、注意力渙散、記憶力下降、失眠、做惡夢等。時常感到受了控制，要擺脫單位所有的紀律與規章制度。即使是大熱天，也穿著厚衣服，戴著帽子，彷彿要把自己藏起來。另一方面，又常表現出被迫窒息，即使大風大雨，北風呼嘯，他也要把窗子打開。極不習慣空調，認為空調有某種強迫意味。強迫他呼吸某種他不想呼吸到的氣體。

被送人有強烈的災難妄想。坐車擔心出車禍。步行會擔心樓上掉下玻璃，坐在屋子裡擔心天花板出現裂縫，懷疑跟每一個同事都有糾紛。據他妻子講，他幾乎每天都會幻想妻子或女兒出了嚴重的車禍，然後被自己的想像折磨得發抖，好像事情真的已經發生。

另，被送人與家庭成員關係緊張，前階段他一直懷疑妻子有外遇。事情的起因是譚某單位的領導因貪污被起訴，檢察機關在該領導的辦公室搜出了一本日記，上面除了領導的受賄記錄，還有他的私生活的描寫，譬如跟哪些女人約會、送了對方什麼貴重禮物等等。被送人便懷疑日記裡的譚××就是他妻子，為此想出種種辦法來試探，對妻子橫加指責，進行精神和肉體的雙重折磨。到目前為止，他的懷疑仍未消除，並揚言，他一定要報復他的妻子。這件事讓他覺得很丟臉，心情壓抑，鬱鬱寡歡。

被送人的軀體障礙也很明顯，據觀察，常有出汗、口乾、胸悶、吞嚥困難，腹瀉或便秘等症狀。有時候，他一天上好幾次廁所，有時候則恰恰相反，上一次廁所要待好久，且伴有呼吸急促，頭昏出汗，四肢冰涼等症狀。最長的一次，他在廁所裡蹲了三十多分鐘，而且什麼都沒拉出來，這是單位同事親眼所見。他經常表現出胃腸不適，食欲下降，多次拒絕和單位同事就餐。睡眠障礙突出，該睡時頭腦清醒，該醒時昏昏欲睡。

尤其值得一提的是，被送人有家族精神病史，其父在他五歲時，因精神分裂症自殺。並且據調查，其父曾犯重大罪行被判刑勞教，一九七八年，發病後保釋就醫，不久便服毒自殺。

至於有無陽痿、早洩、遺精等症狀，因涉及個人隱私，待考。

綜合以上諸種症狀，我們認為被送人禹漱敏行為異常，情感、思維和知覺均出現大面積障礙，性格劇烈扭曲改變，類神經症狀明顯，已患上嚴重的精神疾病。同時，被送人具有固執的反治療傾向，對自身精神活動的理解和判斷發生了障礙，不能對自己的病態表現進行分析和批判，反而認為自己的病態知覺、思維、言語和行為正確，不肯承認自己有病。故現將其送至精神病院，請予以確診和收治為荷，不勝感謝！

6

塗榮廣處理完一個病人，才下班回家。這個病人從九歲開始喝烈性白酒，後來發展到每天喝烈性白酒不少於一斤。為了戒酒，指頭都砍斷了兩根，但每戒一次，酒量又大了一分。以至骨瘦如柴，全身發顫，經常出現譫妄狀態，這次他被幾個子女強行送了過來。由於長期大量飲酒，慢性酒精中毒導致了精神障礙。

他給病人實施的是厭惡療法。他擺出十二個玻璃杯子，在其中的九個杯子裡裝入烈性白酒，在另三個杯子裡裝入自來水，把它們隨機擺放，然後讓病人隨意拿起一個杯子去聞，如聞到盛酒的杯子，就給他一次電擊。他相信，經過幾周的治療，病人酗酒的惡習一定會得到有效的控制。

他只有上班的時候才感到快樂，下了班就有些煩。

回到家裡，不出所料，老婆蘇紅果然還沒回來。

他的耳朵裡彷彿又掀起了一陣陣麻將的搓動聲：山崩地裂，山呼海嘯。

蘇紅幾乎每天晚上都在同事家打牌。

他們住的是蘇紅單位的改造房，市郵政局以前的集體宿舍。也就是說，他們家的樓上樓下都是郵遞員。這種感覺很不舒服，好像他是被人托運或寄存的包裹。這樣，他們吵架的時候，蘇紅就顯得理直氣壯了。她說，你不願住就搬走。

可當初，這套房子，無疑也是他追求蘇紅的動力和法碼之一。是放在了他內心的天平上的。他是外地人，在異地工作不免有漂泊之感，農曆每月初一十五，這個城市的人都會放鞭炮，他討厭得要命，一聽到鞭炮聲，他那異鄉人的感受就異常強烈。後來，他和蘇紅見面說的第一句話便是，你們這裡的人真討厭，怎麼每月初一十五都要放鞭炮。他的抱怨引起了蘇紅的共鳴。作為本地人，她也很討厭這個陋習。因為這，她在有些場合都不願承認自己是本地人。可他，直截了當地批判了他們的陋習，讓她產生了好感。

但是她沒想到他們在結婚後的第一個星期，他也像其他人那樣，清早在門口放了一掛鞭炮。那天正是農曆十五。

那掛鞭炮預示著他們的婚姻生活由各取所需和南轅北轍所帶來的不幸。

他早就想離開這個地方。這個充斥著傲慢的郵政系統職工的地方。蘇紅是頂她媽的職進了這個系統的。樓道裡常年彌漫著一種油漆的味道。奇怪，並沒有什麼油漆，可他聞到的就是這種味道。他在郵局見過他的鄰居們，有的連簡單的加減法都會算錯。他們比上不足比下綽綽有餘。這些人沒什麼別的追求，又有的是時間，下了班就互相串門打牌。蘇紅很快就上了癮。由於經常熬夜，手背的皮膚便格外粗糙，不小心碰到她的手，會以為是一個老女人的手，他不禁被嚇了一跳。不過他並沒有提醒她注意護理之類。他曾想買一套房，但怕離婚時財產分割讓蘇紅占了便宜。他是不會讓蘇紅佔便宜的，現在他的工資比蘇紅高得多。

這幾年，精神方面的疾病越來越引起了人們的重視。原來，他小時候住的那條胡同裡，那個整天說胡話的王阿姨和看到人就會把褲子脫下來的醜阿金，都是得了精神病的，如果是現在，都能治好。但那時候，誰會想到把他們也送到醫院裡去呢？從這方面說，社會真的是進步了。最可惜的是他的五舅，在大學裡談戀愛受了刺激，才讀了一年就被學校勸退了。他不理解學校為什麼要這樣做，這對他五舅不是雙重打擊麼？從大學回到家裡，五舅整天都木訥地坐在那裡，不說話也不做聲，從早晨坐到晚，每晚九點半，準時睡覺。據說那是他和女朋友初次約會的時間。全家人都為他著急。五舅讀的是師範大學，如果正常畢業，會成為一名光榮的人民教師，二舅有些門路，心想五舅這樣坐下去不是個事，便找關係把他活動到郊區的一所中學當代課教師。學校對五舅也很照顧，只讓他教些無關緊要的課，等於花錢養著他。但他沒法維持課堂紀律，那些調皮無知的學生經常跟他唱對臺戲，把他當猴耍，每上完一堂課，五舅都要氣得渾身顫抖。沒多久，他病得更重了，一天晚上，他悄悄走進了離學校不遠的一口水塘。五舅給塗榮廣留下的最後印象是，他被人從水塘裡打撈出來，身子鼓得像一頭牛，臉色比平時更黑更紫。等他讀了大學，才知道五舅原來是可以治好的，甚至治起來還很簡單，可當時，連那麼精明能幹、跟各界人物都有交情、在什麼地方都混得開的二舅都沒有想到這一點。據說五舅是個數學天才，上課昏昏欲睡，從不聽講，但學校的每次數學競賽他都參加，而且成績總是全校第一。

沒買房子，他就悄悄存私房錢。他和蘇紅是不會過長久的。因此從結婚時起，他就騙蘇紅，說他不能生孩子。對於一個醫生來說，要做到這一點當然不難。他不希望將來孩子會成為他們離婚的絆腳石。他是從結婚起就準備離婚的。為此他不惜破壞自己的形象，她討厭什麼，他就偏偏去做什麼。他遲早是要買屬於自己的房子的。現在，他已今非昔比，一口地道的本地話，比本地人更像本地人，何況他現在還有了一定的社會地位。但這兩年，房價天天在往上漲，他的錢在銀行裡一天天貶值，氣得他直罵娘。要想阻止它們繼續貶值，唯一的辦法就是早點和蘇紅離婚。

他們不幸婚姻的源頭，就在於他和蘇紅第一次做愛時，發現她不是處女。

從此，她在他眼裡，就不是一個人，而是兩個或更多的人。當他們在一起的時候，還有其他男人藏在她身後。他們接吻，其他的男人會探出腦袋偷看。他們做愛，其他男人也在旁邊用力，有時候幫他，有時候幫她。她說你快點，可他卻泄了氣。

奇怪的是，蘇紅對此滿不在乎，甚至還露出恬不知恥的神氣。他不知道她為什麼還那麼理直氣壯，好像她找了許多幫工，幫他掃平了前進的道路。

他曾旁敲側擊地向她打聽，那個或那些男人是誰，可蘇紅根本不承認有其他男人的存在。對此，他很生氣。如果她跟他講出來，說不定他還會原諒她。可她堅持說沒有。就好像門本來是鎖得好好的，等他從外面回來，發現門開了，肯定是有人進去了，難道是風吹開了不成？她這不是把他當傻瓜嗎？

看來他對她還所知甚少。他要進一步摸清她的底細。這對於他以後的生活很重要。他不能這麼糊裡糊塗地過下去。這哪是結婚，簡直是鑽綠帽子，跳糞缸。

他開始向她的熟人或朋友巧妙打聽。原來，她早在讀初中時就跟人上了床，那時她才十四歲。懷了孕，差點被學校開除。後來又差點讓兩個臉上長粉刺的傢伙動刀子。如果不是其中的一個後來在群毆中死掉了另一個去當了兵，還輪不到他來娶她。他們是經人介紹認識的。他甚至懷疑那個介紹人都有銷贓的嫌疑。

他有折磨她的法子。這時他才意識到，他是愛她的，可越愛她，便越不能愛她。他想他為什麼這麼命苦呢，想找個處女做老婆都撲了空。他在許多事情上都撲了空。填志願，考研，戀愛。剛畢業時，他就被在大學裡熱戀了兩年之久的女友耍了。那天中午他忽然回到他們臨時租住的民房裡，卻發現她腿間夾著另一個男人。每次，他都要把蘇紅的內褲撕碎。他喜歡這種撕碎的感覺。反正已經破了，就讓它破下去，破罐子破摔。他不能容忍別人動過他的東西。他要報復她。從衛生學的角度來說，那是一次不衛生的性交，不久之後，婦科病開始在蘇紅體內紮根，如果她想他接納自己，她就必須接受這種不衛生的性交。她忍受著。聞到她體內散發出難聞的氣味，他露出了難以覺察的微笑，彷彿那是她應得的懲罰。他在以這種方式，來驅趕他對她的愛情。終於，他成功了，有一次，他剛把自己的衣服脫掉就把她推開了。他一路嘔吐著奔向廁所。

此後他們的婚姻名存實亡。

或許，說愛情依然是不準確的。當初，他真的是因為愛她才追求她的嗎？他認為，愛情只在人的童稚狀態中存在，一旦滲入了心機，就談不上愛情了，只能說是異性間的互相利用和勾引。愛情猶如慈母，戀愛中的男女有如她懷中的孩子，等孩子長大，他們只能離慈母越來越遠。誰還會像孩子那樣歡笑和哭泣呢？那時，為了追她，他還是動了些腦子的。他先瞭解她的氣味，再投其所好。他在她面前表現出了雄辯的天才。他大她幾歲，知道怎麼討她的歡心。剛開始，女孩子是好幻想的，他就向她展示他的理想和抱負。他口若懸河，滔滔不絕，讓她聽了雙頰緋紅，心馳神往。她的面容看起來是那麼純潔無邪。但他不知道，這樣單純的女孩子也跟別的男人上過床，而且是為他所不恥的那類沒什麼文化的人。難怪，他那麼容易把她弄到了手，原來她早已是開了封的酒，正在等著他這只勺子來舀她。本以為她中了他的計，到頭來，卻是他中了她的計。

前不久認識的一個朋友，說他創辦了一家網站，專門給那些單身老闆（號稱鑽石王老五）介紹異性朋友。網站沒開通多久，竟火得不得了。應徵的多是女大學生。有一個老闆因妻子不是處女一直耿耿於懷，想找一個處女，但他在和幾十個女大學生約會後都失望了，最後找了一個十六歲的高中生，雙方看了照片，都很滿意，就等著見面了。但那女生的哥哥忽然提醒妹妹，要老闆在見面時提供一份體檢證明，結果老闆發現自己得了多種性病。

所以他對自己找一個處女做老婆不再抱信心。這方面的資源已遭到嚴重破壞。在一次開會時，他認識了市第一醫院的內科主任陶彩鈴。他們一見面就互相產生了好感。她說，請問塗醫生，我有個精神問題該怎麼解決？他問是什麼問題，她說她結婚這麼多年，在性生活上從來沒有滿足過，聽別人談及此事就煩躁不安。她說塗醫生，你有什麼好辦法嗎？

這是一個瘋狂的女人。他驚訝地發現自己一掃以前的萎靡之氣，竟如下山之猛虎，把個陶彩鈴弄得死去活來投胎重生。

跟陶彩鈴在一塊很輕鬆。他們到了一塊，只幹一件事，那就是脫衣服。一切都有條不紊，緊湊而有序。就像她的衣服，原本緊緊地綳在身上，但一解開扣子，相關部位便會美妙地彈跳出來。一個小巧玲瓏的女人。她的身體無比地瘦小，也無比地饑渴。這種反差給了他很強烈的感受。他們甚至很少說話。即使要說什麼，一個眼神就夠了。她的牙齒和眼神閃閃發亮。哪怕是打電話，他們也是沉默多於語言的。彷彿只要把電話撥通，其他的事情只管交給空氣好了。他們發簡訊，一個說「喂」，一個說「哎」。用的是語氣助詞。省略了的句子成分彷彿就是兩人彼此的身體。

自從有了陶彩鈴，他的生活不易覺察地出現了一些變化。他對生活、對蘇紅的憎恨比以前淡薄了許多。他和蘇紅彼此客客氣氣，相敬如賓。有時候，蘇紅實在忍耐不住，會嚎叫起來：塗榮廣，你這個偽君子，你究竟要把人折磨到什麼時候？老娘不就不是個處女嗎，有什麼了不得的，有本事你去弄幾個處女，老娘也不管你，要不，我明天給你去介紹一個，或者在報紙上給你登個招聘廣告，總行了吧？她上前來撕扯他，要跟他吵架，他也只是及時地閃開，撣撣衣服，繼續看電視或翻報紙。蘇紅沉默下來，在一旁看著他，嘆了口氣，說，我知道，遲早有一天，你會把我送進你們那個精神病院的，求求你，讓那一天快點來。彷彿是害怕真的有那麼一天，她如驚弓之鳥，要等夜深人靜，才悄悄溜回家來。並且每次還要一個女伴護送，等她安全進了屋，才讓對方離開。

他沒理會蘇紅的聒噪。如果蘇紅真的想進精神病院，他也沒必要親自動手。一個沒有婚內性生活的女人（估計她現在婚外也未必有），一個內分泌嚴重失調的女人。一個快要歇斯底里的女人。他不急。他在等待事物自己由量變到質變。時間是最好的酵母。就像他的同事梁康蒙，本來，他早就可以提醒他，近階段他在精神上出現了一些反常，但他也不急。他總會看到他想看到的。

他四處察看了一下，他擔心蘇紅已經回來，偷偷藏在什麼地方，趁他沒注意，悄悄潛到他身後，舉起花瓶或張開剪刀……為此他經常移動花瓶的位置，或把剪刀藏起來，他老是把菜刀放在砧板的底下。他和蘇紅有各自的臥室。晚上，他把門打上保險，扣上搭鏈。因為有一次，他半夜起來小解，拉開門，發現蘇紅正站在門口，頭髮蓬鬆，兩眼發赤，簡直像個女鬼。他嚇了一跳，蘇紅自己也失聲尖叫。他們就這樣相互提防，互相害怕。

見蘇紅的確沒回來，他才脫了外套，換上家常衣服。他用電熱杯給自己燒了開水，扔了點茶葉在裡面。每次他都是自己燒水喝。他呷了口茶，想了想單位上的事。很早，他就在努力改善自己和單位上老同志之間的關係。他越來越覺得，那幫老傢伙還是不能得罪的，他們就像狗尾巴草，你去踩，它們就會弄你一身，越拍越多，怎麼也拍不掉，還真的散發出一股臭味。但如果你把它們拿在手上，它們就會成為你的武器，你可以用它們來對付敵人。這就是那幫老傢伙的妙用。以前他沒領悟到這一點，結果他們集體反對他排斥他，聯名上書或寫匿名信，都是他們的拿手好戲。結果，弄得他差點功虧一簣。現在，他處處打老同志的招牌，維護老同志的利益，為老同志著想，瞧，情況出現了可喜的變化。這次，他又利用了一下他們，把院長搞得焦頭爛額。用不了多久，院長就會被咬爛搞臭的，那時，他就可以名正言順地取院長而代之了。

然後他躺在沙發裡翻報紙。他喜歡看本地新聞。有時候，上面有一些病例和線索。很多人，都沒意識到自己或身邊的人患有精神病，作為醫生，他有必要提醒和督促他們。他的這種治病救人的精神還被報紙報導過。當然，那是為了配合宣傳而花錢做的軟廣告。現在的醫療廣告越做越精彩，都是以記敘文的形式出現的。有什麼辦法呢？目前，除了像婦幼保健院這樣的國家重視定向醫院是全額撥款，其他醫院都是少量撥款、多數自籌。精神病院作為特種疾病醫院，在經營體制上跟普通醫院並沒有區別，他們也要自己掙錢吃飯。報紙上，頭一張照片是院長，第二張照片就是他。他正在門診。經他做思想工作，有十多位精神病人的家屬主動把患者送到醫院診治。

今天他很高興。那個叫禹漱敏的傢伙終於被送到醫院裡來了。如果不是礙於梁康蒙的情面，他早就插手了。說實話，他對梁康蒙近來的狀態十分不滿。梁康蒙似乎走進了一條死胡同，走向了某個極端。他反對藥物，反對強制收治精神病人。他認為應該讓病人處於一種自由散漫、任其自然的狀態，說什麼這種強制收治行為本身就會對病人產生極其有害的心理暗示，讓病人產生恐懼感，並說絕大部分精神病人對別人並沒什麼妨礙，進行一些心理按摩就會自癒，強制收治侵犯了病人的個人權益。這簡直可笑。試問，如果病人萬一做出瘋狂的舉動，誰負責？最近，社會上經常有殺人狂魔出現，就是因為這些人的精神疾病沒有得到及時的診治。再說，精神病人是否算一個合格的公民？如果不合格，就不能用普通的公民的標準要求他們，他們也就不配享有普通公民的個人權利。當然，不可否認，梁康蒙說的那種情況也有，但任何事，都有個孰輕孰重的問題，有個大和小、多和少的問題，梁康蒙關心的是極少數人的利益，而忽視了大多數人的權利，這是對還是錯呢？答案是明擺的。誰都明白少數服從多數的道理，梁康蒙怎麼就不明白呢？我不知道他真是個書呆子，還是故意刁難別有用心。一個人，幹嘛老是標榜和潮流保持距離，裝出眾人皆醉我獨醒的樣子，認為自己有多了不起？或許，這本身就是一種精神問題，並且古往今來，這種問題還很普遍。這是一種受了刺激而導致的精神障礙，哪怕是歷史上一些很有名的人。不管你是名人還是偉人，不等於你精神就一定健康沒有問題。其實從本質上來說，梁康蒙那些所謂的奇談怪論並沒有什麼新東西，不過是精神至上，人不能淪為金錢的奴隸等等。這種腔調，我們在很小的時候就聽到過了，但事實證明，那是錯誤的。在梁康蒙看來，醫院強制收治病人完全是為了賺錢。他怎麼不想想，治病救人也是勞動，付出了勞動就應該拿報酬，這又有什麼錯呢？梁的觀點很荒謬。他似乎要從根本上抹殺醫生和病人的區別，抹殺病人和健康人的區別，抹殺精神病患者和正常人的區別。這是極其幼稚的。誰都能一眼看出的事實，他卻在苦苦思索和求證。這真是人類一思考，上帝就發笑。梁康蒙和這個叫禹漱敏的傢伙為什麼談得那麼開心，就因為他們是一路貨色。事情就是這樣，一個正常人和一個精神病人不能正常交談，但一個病人和另一個病人卻往往談得很投機。面對彼此詞語或句子間巨大的跳躍和空白，他們竟然如履平地或視而不見。

　　什麼是精神病人，簡單地說，就是和普通人、正常人、大多數人不一樣的人。哪怕他是天才，其實天才往往也是有病的。他一向是這麼看的。精神病人的顯著標誌是，他們從來也不肯承認自己有病。一個人，如果別人認為他有病，而自己不肯承認，那麼他十有八九已經有病了。這是屢試不爽顛樸不破的真理。他們的大腦已被損壞，怎麼知道自己有病呢？就像一隻燈泡炸了鎢絲一樣，是不可能用來照明的。不過要補充說明的是，一個人很有可能同時患上幾種精神疾病，那麼他們有時候會承認自己有病並希望別人接受這一點，有時候卻表現得完全相反。

下班前，他再次仔細看了那份關於禹漱敏的病情報告。據此看來，這個人的疾病就很複雜，既有精神分裂症的表現，又有抑鬱症或其他類神經症狀。報告寫得挺有文采的，不愧是耍筆桿子的人弄出來的。雖然落款處的公章蓋得比較模糊，似可值得商榷，不過也沒什麼大不了的。它蓋的不是單位公章而是部門公章，但只要公章裡有紅五角星，就表明它具有法律效力。

這幾天，一個叫譚霞成的女人不斷地來醫院要人。她是禹漱敏的老婆。這個女人很潑辣，在醫院裡叫叫嚷嚷的，看上去不是那麼好對付，她一會兒來找他，一會兒去找院長，甚至還威脅說要把此事訴諸媒體，讓媒體來曝光。他才不吃她這一套。他把禹漱敏單位送來的病情報告和鑒定申請給她看。程式上是沒有任何問題的。一個護士也勸她，說，醫院向來就是這樣，只要有單位的公章，醫院就會收治，不一定要徵得家屬的同意。當然，如果家屬主動把病人送來，醫院更加歡迎。這不是為了錢，是為了對病人、對和平穩定的社會高度負責。誰把病人送來，醫院就對誰負責。禹漱敏是單位送來的，醫院就對其單位負責，這個女人要想探視，必須徵得禹漱敏所在單位的同意。這不是捉迷藏，這是規章制度。

他起身上了一下洗手間。前不久，他看了一則新聞，說有個醫生破天荒地利用神經療法來給一個人戒煙。也就是說，用外科手術打開病人的顱腦，找到那根嗜煙神經，再把它結紮或切除。他覺得這種方式很好。那天，他到旁邊的戒毒中心去聊天，他們說也正在研究用這種療法幫助患者戒毒。他想，如果把這種方法應用到精神疾病的治療上，說不定會取得突破性的進展，許多因藥物或心理療法解決不了的難題會迎刃而解。

如果準備得充分，說不定可以在這個禹漱敏身上試試。

這時他收到了陶彩鈴一條簡訊，上面只有一個字：喂。

7

關於本院患者禹漱敏的三份精神測試問卷

A

1、你是否過分關注自己的身體健康，擔心自己患有某種疾病？

2、你是否對現狀不滿？

3、你是否跟朋友或同事無法進行正常的情感交流？

4、你的聯想是否散漫零亂，不著邊際？

5、你是否對自己以往的言行感到內疚和悔恨，譬如擔心說錯了話、舉止不當，得罪了人等等？

6、你是否無端沉迷於脫離現實的幻想中，自語，自笑或無端恐懼？

7、你是否有突如其來的不尋常或不自然的舉動？

8、你是否過分自信乃至自負，確信自己具有不尋常的才能，跟別人不一樣？

9、你是否感到心境抑鬱、悲傷、沮喪？

10、你是否對同事或朋友懷著仇恨、敵對和蔑視心理？

11、你是否經常懷疑同事在背後說你壞話？

12、你是否出現過幻覺，常聽到了別人的議論或感覺別人對你指指點點？

13、有時候，你是否動作遲緩、言語減少，坐在那裡發呆？

14、當領導檢查工作時，你是否不合作或有對立情緒？

15、是否經常出現情感反應與環境非常不協調，與思維內容不配合，甚至情感倒錯現象？譬如明明別人都在高興，你卻感到憂傷，別人都在難過，你卻暗暗高興？

16、你是否對各種事物興趣減退，漠不關心？

17、你是否常因小事痛苦流淚或無故高興，易激動和興奮？

18、你是否有定向障礙，譬如方向感不強，健忘，跟一個人明明見過面，卻怎麼也想不起對方是誰？

B

1、你是否經常悶悶不樂，情緒低沉？

2、你是否覺得一天之中，早晨的情緒最差？

3、你是否想哭或容易流眼淚？

4、你是否經常失眠，做惡夢？

5、你是否覺得自己的食欲沒有以前強烈？
6、與異性密切接觸時，感覺是否沒有以前那樣愉快？
7、是否覺得體重在減輕？
8、你是否有便秘的苦惱？
9、你是否感到心跳比以前快了，甚至出現心悸？
10、你是否容易感到疲倦，渾身沒勁？
11、你是否感覺頭腦沒有以前清楚，反映遲鈍了？
12、在單位上，你是否有能力下降的感覺，覺得以前經常做的事情現在有困難？
13、你是否經常感到不安而不能平靜？
14、你是否對未來感到灰心絕望？
15、你是否無故發脾氣，不能自控？
16、你是否優柔寡斷？
17、你是否很自卑，常覺得自己是個無用的人？
18、你是否覺得自己的生活空虛無聊，毫無意義？
19、你是否認為如果自己死了，別人就會生活得好些？
20、你是否有陽痿、早洩、遺精等症狀？

C

1、最近，你是否覺得比以前更容易緊張或著急？

2、你是否無緣無故地感到害怕？

3、你是否容易煩亂、害羞和臉紅？

4、你是否覺得自己不能忍受，可能要發瘋？

5、你是否有強烈的災難妄想，會擔心突然發地震，坐車擔心出車禍，在大街上行走會擔心樓上掉下玻璃等等？

6、你是否具有一定強迫觀念，老擔心門沒關緊，水龍頭沒關上，反覆洗手等等？

7、你是否因為頭痛、頸痛和背痛而苦惱？

8、你是否容易感到乏力和衰弱？

9、你父母是否有過精神病史？

10、你是否經常有不安全感，愛與別人爭辯、抗議而不易接受批評？

11、你是否自尊心過強，處處要求別人重視，易感委屈與受輕視，情緒易激動，易生憤怒情緒？

12、你是否經常有暈倒似的感覺？

13、你是否感到吸氣、呼氣不容易，手腳麻木、有刺痛感？

14、你是否覺得別人的笑聲刺耳，也希望別人跟你一樣痛苦不堪？

15、你是否常有出汗、口乾、胸悶、吞嚥困難，腹瀉或便秘等症狀？

16、你是否時常感到受了控制，譬如即使大風大雨，北風呼嘯，也要把窗子打開，或極不習慣空調，認為空調在強迫你呼吸某種你根本不想呼吸到的氣體？

17、你是否敏感多疑，孤僻任性，我行我素？

18、你是否喜歡情感用事，處處以自我為中心，愛幻想及誇大虛構事實情節？

19、你是否經常失眠，緊張性頭痛，頭脹，頭重，該睡覺時頭腦清醒，該清醒時卻昏昏欲睡？

20、你是否對自身精神活動的理解和判斷發生了障礙，根本不承認自己有病？

8

整整一上午，禹漱敏像是被老師關在教室裡做作業的學生。雖然他曾是那麼地喜歡學習和考試。塗榮廣正在對他進行精神測試。

他說，如果一個人有病，他的答案又怎是有效答案？

塗醫生說，這不是你考慮的事情。

填到最後一項時，他有些嘲諷地擡起頭來，問塗醫生：我有病嗎？

塗醫生反問他：你說呢？

他忽然毛骨悚然，意識到他什麼也不能寫。或者說，無論他寫什麼，結果都是一樣的。

9

他猜想，譚霞成大概正在發了瘋般地找人。找醫生，找領導，找其他的社會關係。不用說，誰也幫不上忙或不會幫忙。她再潑辣能幹也沒用，因為她不瞭解真相，就好像她手裡有厲害的武器，但不知道對手是誰。他後悔以前沒把單位上的事情告訴她一些，這樣她就會作好充分準備，免得被人推諉和戲弄。想到她無辜和四處碰壁的樣子，他十分難受。他的手機被醫院「保管」起來了，他想打電話，護士說醫院有規定，病人是不能隨便往外打電話的。他想說他不是病人，末了還是什麼都沒說。他不想再陷入那種無聊的循環論證。

既來之則安之。在這裡尤其不能有過激行為。所有過激行為都會被認為是犯了病的表現，馬上會有一系列的強制措施在那裡等著你：捆綁、針劑、藥物、電擊。他對自己說，禹漱敏，如果你認為自己沒有精神病，那你就給我保持鎮定，不管怎麼樣，先把自己弄出去再說。現在，沒有別的辦法，只能配合他們，自己做自己的臥底。既然醫生說，病人缺乏自知力，那麼病人的胡言亂語、點頭或搖頭，怎麼又被當作了確切表達呢？這裡面的邏輯實在是太荒謬了。他們在用你虛妄的證詞來證明你虛妄的疾病。你說你有病，那好，留下來治療吧！你說你沒病，他們會說，這正是精神病患者的典型症狀，越是有病的，便越說自己沒病；這是強盜邏輯。你說這個人的精神出了問題，是依據你的標準，你認為他不快樂，可他真的這麼認為嗎？一個沿著大街亂走、甚至不穿衣服、在寒風中唱歌的瘋子，真的像人們所想像的那麼痛苦嗎？不，他不但不痛苦，或許還很快樂。因為他完全沉浸在自己的世界裡。瘋子也是一個強加的觀念。所謂的瘋子，是因為他跟別人不一樣。誰又能否認，或許在瘋子的世界裡，別人都瘋了，只有他自己沒瘋呢？但一個社會，往往需要的就是和別人一樣的人，而不是跟別人不一樣的人。這才是許多人判斷瘋子的標準，就好像有人說，當你意識到自己身體上某個部位的存在的時候，那麼它很可能就已經出現了問題。這話聽起來多麼有哲理。有句話怎麼說，他人即地獄。或許這倒說到了根本上。當然，有人說，說這句話的人也是一個瘋子。因為這句話很多人都知道但沒有誰敢說出來，可是他說出來了，所以他就是瘋子。但誰又不是瘋子呢？甚至有時候，這個世界完全是由瘋子在操作運轉。瘋子的話被當作圭臬和至理名言屢見不鮮。一個瘋子殺了人會被抓起來，可如果一個國家的領袖也是瘋子（誰也不能保證他不是瘋子），如果他發動了一場戰爭，誰又來制裁他？如果大多數人都瘋了，那麼就只有少數人沒瘋。如果大多數人都沒瘋，那麼就只有極少數人在發瘋了。多數與少數，真的是判斷瘋狂與否的標準嗎……沒有確切答案。他無法取捨。他擺了一下腦袋。他覺得自己的樣子有些陌生。左邊是懸崖，右邊是深淵。看來，只要有人想把你送進精神病院，你就決無逃出去的可能。他唯一的辦法是佯裝中計，再想辦法逃脫。

或許，觀察和瞭解一下精神病院的生活並沒有壞處。他當中學老師的時候，曾對人說過，他最想做的是醫生。但他既沒有把教師做下去，也沒有改行當醫生，他做了公務員，現在又被關進了精神醫院。他要當公務員，不是小公務員，但他還是成了一個小公務員。就像許多人並不想做小市民，結果還是成了小市民。他對一些地方很感興趣，譬如監獄，譬如精神病院。他覺得，從某種程度上說，瞭解了這兩個地方，就可以瞭解全部的社會。他沒法進監獄，精神病院的大門卻被他一腳踩進來了。

他先看到了一個老是要跳樓的人。那個人對跳樓似乎上了癮，他總想趁人不注意爬到樓頂上去。他認為在他跳下去的時候，翅膀自然會從體內伸展出來。他可以像小鳥一樣在天空翱翔。他砸玻璃，砸門。他討厭所有的門和窗戶。他的指尖陷進門框裡，鮮血淋漓。他徹夜嚎叫，很快被送回強制區。還有一個人，看不得開關樣的東西，看到便要上去擰一下。是開的他要關上，是關的他要擰開。對此他很固執。聽說他曾把房子裡的瓦斯管線打開，差點引發一場火災。他說，有一天，他茅塞頓開，心想，只有把瓦斯打開，才不用擔心它是否已關上。據說他還是個作家。看來，這家精神病院裡，住的都不是普通的人。或許，許多人因為和別人一樣，反而不容易出精神方面的問題吧。一個大學教授，因在校內張貼小字報、靜坐、絕食，被單位送了進來。一個大學生因同性戀被家人送了進來。一個維權的女工，在和廠方發生衝突後，已是第六次被關進這裡。一個報社的編輯，卻是自已要求來治療的。他曾在頭版頭條中，弄錯了市委書記的名字，把「鐸」字誤成了「怪」字，沒校對出來，使得報社總編引咎辭職。他當然也沒什麼好下場。現在，他經常坐在那裡自言自語。他一把抓過禹漱敏的手，說，我總覺得，「呆在那裡」的「呆」，還是要改為「等待」的「待」，報紙上還是不要出現「癡呆」的「呆」字為好，免得讓人產生不好的聯想。再譬如「撫摸」和「撫摩」，前面的「摸」看上去是否像個流氓？至於把「稀奇」改為「希奇」，是因為在《現代漢語詞典》中，「希奇」排在「稀奇」一詞前面，這牽涉到排名先後的問題。他蘸口水在地上寫了一個「長」字，說，這個字我怎麼越看越不像？還有那個「學習」的「習」字，彎著腰，顯得很謙虛，但他的嘴裡卻同時叼著兩根香煙，這個形象不太好。至於「我們」的「們」，我看也有問題，一個人靠在門上，就表示好多人？是不是其他人都在屋子裡，只派一個人來站崗放哨？他們是否在從事非法活動，譬如傳銷或法輪功什麼的？

對面的房間裡，住了一個老頭子。老頭子怎麼也不肯穿病服，趁護士不小心，就奇跡般地從什麼地方翻出一套類似於警服的保安制服來。這是醫院特許他家人送來的，因為一穿上制服，老頭就很聽話，叫他吃藥就吃藥，叫他打針他就挽袖子或褪褲子，而如果不讓他穿制服，他就暴跳如雷。現在他穿上保安制服，趕快站到病房的大門口去指揮他想像中的交通了。跟他住在一起的，是一個處級幹部。處級幹部什麼都好，就是喜歡隨地大小便。開始是在單位的廁所裡，無論是大便小便也不肯用水沖，甚至連那扇小木門也不肯關上。後來發展到偷偷在單位、公園或廣場的草地上大小便。如果單位組織旅遊，他一定要作好充分準備，在野地裡拉個夠。為此他多次被罰款或受過其他處罰，但他毫不在乎，他說做領導的要大俗大雅，曾經有一個偉人，就是這樣的，拉屎前總要叫勤務兵在野地裡挖個坑。現在他就是在學習那位偉人。

住在旁邊病房裡的，是兩個青年人。一個是做油漆的工人，給人家裝修房子，但工頭總是發現剛買的油漆第二天就莫名其妙地少了許多。開始他以為是誰偷出去賣錢了，這種事情在裝修的工人那裡並不少見。他暗暗監督了幾回，也沒發現工人偷油漆出來的跡象。有一次他趁人不備突然用鑰匙開門闖了進去，驚訝地發現那位工人正赤身裸體，全身塗滿了油漆。另一個還是個在校高中生，他一到學校門口或進教室，就感到頭暈、噁心、腹痛，回到家中，一切又恢復了正常。他父母希望快點把他治好，好讓他去參加明年的高考。

現在，禹漱敏在看著護士給他打針，看著他吃藥。有幾次，他還是不得不把藥片吞下去了。他的靜脈血管好像張開了大口，如饑似渴地吮吸著冰冷的針頭。當冰冷的液體被推進他的血管，他感到一陣清涼。但馬上，他又害怕起來。他想，假如那些藥物真的在他體內發揮了作用，譬如對付偏執暴躁的，可以讓病人變得安靜，但如果不是病人，會產生什麼樣的後果呢？會不會讓他過於安靜乃至死寂，讓他患上另一種疾病譬如幽閉症呢？抗幻想的藥會不會把他的想像力完全殺死？抗木呆的藥會不會讓他忽然多動好動口若懸河了呢？抗強迫症的藥會不會讓他對什麼都漠不關心呢？還有，他究竟出不出去，也是一個難題。不出去，肯定不行。可出去了，也難保不會弄假成真，難道別人不會認為他是真的得了精神病，經過醫院的治療，才康復出院的麼？就好像一張白紙，已經被染黑了，誰相信它以前是白的呢？到那時，他真的說不清楚了。他最好是像他看到過的那些耍賴的人，被人無端打倒在地，明明可以爬起來，可就是賴在地上不肯起來。

但他怎麼會成為一個耍賴的人呢？難道他真的要被逼成一個耍賴的人麼？

想到這裡，他不禁大汗淋漓。他真的很著急了。即使他把藥片藏在舌頭底下，可它們似乎也在和他捉迷藏，一轉眼，就不見了蹤影。藥物仍在源源不斷地輸進體內，他想他現在的思維和動作，是他自己的，還是藥物的？是他的自主意識，還是藥物在發揮作用？彷彿他在前面奔跑，藥物在後面窮追不捨。為了躲開它們的追趕，有時候，他會故意跟它們捉迷藏，本來要這樣做，但就在他感覺快被藥物趕上時，他卻忽然改變了方向，沿著完全相反的方向跑了下去。這件事很有趣，每當他捉弄了一回藥物，就開心地大笑起來。

這時，另一個人從強制病區轉到他的病房裡來了。

10

那個人說，我已經是第四次來這裡了。第一次，我在這裡住了八天，第二次，我待了半個月，第三次，我被關了兩個多月，你說，這一次，我會待多久？

那個人說，你知道是誰把我送進來的嗎？跟你說，是我老婆。這幾年，我做生意賺了些錢，她想把我送進精神病院，然後好獨吞那些財產。這個女人，對財富的佔有欲非常強烈。說起金錢，她的眼睛會放出光來。就像說到美食她便面若桃花嘴唇發亮一樣。說實話，我很喜歡她的這種充滿了活力的樣子。有一段時間，我開著車，帶她吃遍了全城和附近鄉村的特色小吃。城裡的飯店再高級，都是一個味，那味道都是由烹飪學校教出來的，是由味精和各種作料堆疊起來的，但鄉下的東西好吃，全是原料本來的味道，菜根是菜根的味道，菜葉是菜葉的味道，這是她總結出來的；我不得不承認她說得很有道理。她是看起來很能幹的那種女人，小巧玲瓏，風風火火，熱情開朗，直爽潑辣，單位上、鄰里間沒一個人不說她好，連我公司的員工也都誇她。但那一天，我正在公司裡，忽然來了穿白大褂的兩男一女，闖進我辦公室，把我摔倒在地捆綁了起來。不，我已經記不清這到底是第一次還是後面幾次被他們抓來時的情景了。以至現在，我一看到穿白衣服的人便渾身發抖。

他們把我架到了樓下的一輛廂型車上，直接把我拉到了精神病院，剛開始，我都沒想到是她。我最先以為是綁架，看到車上的人都穿著白大褂，我又以為是她的哪一個同事想跟我開玩笑。這似乎可以從他們的回答得到證明，我問他們要把我帶到哪裡去，他們笑著說帶我去體檢。我也笑了起來，故意裝出很配合的樣子。幾天前看報紙，上面說現在有的人活得無聊，就玩出假裝綁架或被員警抓走的遊戲，讓當事人虛驚一場。直到看見「××精神病院」幾個字我才感覺不對頭，她跟這裡的人又不熟。我開始懷疑是有人想報復我。可我想來想去，也想不出誰跟我有深仇大恨。雖然在生意上跟一些人有過一些小摩擦，但在我看來，都早已化解了。直到在醫院裡，我才如夢初醒，醫生說，我老婆給他們出具了詳細的病情報告，並且有市第一人民醫院精神病專科的診斷書。我根本沒在那裡看過病。或者說，從小到大，我的身體一直好得很，只有一次，因嚴重流感在附近的診所吊了瓶鹽水，老婆要我去她們醫院我都沒去，賺她們那裡麻煩。其他，我基本上沒進過醫院的門（向我老婆求愛時除外，那時，我經常到她單位去給她獻花，因為她說有一個同事追她追得很緊，我要用我獨特的方式打敗他）。我大吵大嚷，不用說，我被按住綁在凳子上，打了針。後來我找個機會給我弟弟打了電話（你不知道怎麼打吧？等會兒我教你），弟弟來接我出院，可醫院拒絕了。他們說，他們要對病人負責，對家屬負責，誰送病人進來，誰才有權把他接走。可我是病人嗎？我根本不是病人啊！幾天後，還是機會好，弟弟才帶著我從醫院跑了出來。

在我住院期間，我老婆還來看過我一次，當著別人的面，她對我可好了，她用瓦罐熬來了雞湯，坐在那裡親自給我削蘋果，並安慰我要我好好治療，爭取早日出去。你瞧，她多會演戲啊。如果我把雞湯打翻，她馬上大呼小叫說我犯了病。我發現，我越想向醫院證明自己正常，結果是，在他們看來，我越不正常了。如果我想早點出去，不應該想著怎麼表現正常，而應該裝傻，裝傻就是最好的表現。只有這樣，醫生才會相信我已經痊癒，讓我出院。而我老婆每次來，總是故意刺激我，讓我跟她吵架，製造出我又發病的假像，一次次讓我出院的夢想破滅。後來我也學乖了，不大喊大叫了。護士總是說，「乖，聽話，吃藥，睡覺」於是我就乖，聽話，吃藥，睡覺。回家後，我問她到底是怎麼回事，為什麼要把我送進精神病院？誰知她竟笑著說，不為什麼，老公，我就覺得這樣好玩。你說氣人不氣人！這一次，我還真的相信她了。的確，我們結婚這麼多年，一直相處得很好，從未紅過臉，吵過架，她沒理由不要我、想除掉我而後快啊。

有人說，男人在女人面前最大的毛病就是輕信，真的很有道理。她開始找理由故意跟我吵架。有一天晚上，都九點多了，她又找理由跟我吵了起來，我很生氣，就推了她，誰知她竟打電話報了案。我以為是報了案，心想不怕，員警也不會亂抓人的。不久有人敲門，她馬上跑過去把門打開，誰知忽然闖進來三個醫生，我認出他們是哪裡的了，我有些慌神，他們二話沒說把我按倒，用手銬把我的手和腳交叉銬起來。就這樣，我第二次進了精神病院。

這一次，我的問題似乎更嚴重了。她說我近階段情緒不穩定，在家裡亂砸東西，酗酒罵人打人，以至她晚上都不敢睡覺，整夜開著燈，並且還有街坊鄰居們的證詞。我忽然明白過來，我又中了她的計了。難怪這段時間，她老是把燈開著不關，拿拖把柄把家裡的東西敲得乒乓響，我問她幹什麼，她說家裡有老鼠，她在趕老鼠，我還奇怪，家裡從來沒老鼠，防盜門和紗窗都是嚴嚴實實的，老鼠怎麼進得來？還有幾次，她失手打破了茶杯。她把打破的茶杯撿起來又摔了幾下。我還提醒過她，這麼晚，別影響鄰居們休息。我把這些事情都一五一十地告訴了醫生，可他們根本不聽。是啊，他們怎麼會聽一個精神病人的胡言亂語呢？想到這一點，我熱氣上撞，又不理智起來，他們很快又把我送進了強制病房。

第二次是我老婆把我領出來的。她依然又好好表演了一番。給我送雞湯，跟我的主治醫生拉關係，希望我得到最好的治療。當著病房裡其他人的面，擁抱我，親我。我知道我不能推開她。說不定她就是想讓我推開她，好延長我住院的時間。我識破了她的詭計，因此她在擁抱我的時候，恨不得把我窒息。望著眼前的這個女人，我又愛又恨。現在，我似乎明白她為什麼要這樣做了。她以為，是錢讓我變壞了，她就要想盡一切辦法把錢抓在自己手裡，不然她就夜不能寐。以前她老是說道，男人有錢就變壞，當時我還沒開公司，還沒有發財，但自從我下海經商後，她就懷疑我在外面有別的女人。你知道，有時候生意上的應酬是免不了的，要請對方喝喝茶、跳跳舞，就是按摩也是有的，有什麼辦法，對方就是這麼暗示的，你不辦，生意就做不成，那些人要麼是做領導的，要麼是生意夥伴，你怎麼能得罪呢？可我跟你說，我真的沒幹什麼對不起她的事，就是有時候請別人去按摩，我也是不進裡間的，我裝做進去了，等他們全進去了，我又跑出來，坐在外面等他們一個個心滿意足地出來，我再上前去買單。他們很奇怪，說你怎麼這麼早就出來了？我只好裝做很尷尬的樣子笑了笑，他們馬上明白過來，也笑了笑；他們以為我在那方面不行。按道理，這對一個男人來說也是奇恥大辱，可我忍下來了。我這個人，如果說有什麼突出的優點的話，我認為就是能忍。被人誤解就誤解吧，而且我發現，對方見我是一個有重大缺陷的男人，很高興，跟我簽單或訂合同的時候便特別爽快，好像給了我莫大的施捨。我每次從外面回來，老婆都要盤問我，她很在乎一些細節。她以特有的職業敏感，在我臉上、身上聞來聞去，仔細檢查有沒有形跡可疑的頭髮或其他。我換下的內褲，她也要舉到燈下細看。她說，一旦發現我做了壞事，她就要把我剪了。你知道它的賓語是什麼。為了嚇唬我，有時候她還故意買幾把張小泉牌的剪刀在我眼前晃來晃去。不過我當時都把它們當作了一種特殊的調情手段。我喜歡看她那有些吃醋的樣子，她生起氣來，臉龐是那麼生動可愛。

我想知道她現在怎麼解釋。那天，我靠在沙發上，一邊用小勺子攪動手裡的咖啡，一邊望著她。但她什麼解釋也沒有，把臥室的門咚的一聲關上睡覺去了。那天，我家裡其他人也來了，弟弟，姐姐，媽媽，可他們也沒有辦法。我過去敲門，她把門反鎖上了，我聽到她在裡面哭。這樣，我的心又變軟了。

那天晚上，我就主動跟她在一起了。她趴在我懷裡，睡得特別香。有時候，似乎還睜開眼，朝我靦腆地笑了一笑。我被弄糊塗了。一時間，我不敢確定白天發生的那些事是不是真的。我希望它是惡夢。我開始懷疑，以前的那些不愉快的事，是不是我的幻覺。可我的嘴巴裡，散發著藥的氣味。我還在外衣口袋裡摸到了一隻藥瓶子，上面寫著：鹽酸氯丙嗪，抗焦慮藥，一般口服量12.5-50mg／次，每日兩次。肌內注射，25-50mg／次。治療精神病宜從小劑量開始，輕症300mg／日，重症600-800mg／日，好轉後逐漸減用維持量（50-100mg／日）。拒服藥者用50-100mg／次，加於25%葡萄糖溶液20ml內，緩慢靜脈注射。這是護士在給我打針的時候，我偷偷藏在口袋裡的。我只能懷疑現在是幻覺。我感覺從她體內刮出了一股寒風，我不禁打了個冷顫。這個女人，像是一口深井，看起來風平浪靜，可我知道，一旦失腳墜下去，就永遠也爬不出來了。

為此我找到公證人偷偷立了份遺囑，說如果我萬一出了意外，我的財產分成三份，一份留給我母親，一份給我老婆（我本不想給她，但又一想，一夜夫妻百日恩，不管怎麼樣，我還是愛她的），另一份捐獻給慈善事業。我以為這樣就萬無一失了，我把這件事告訴了一個很要好的朋友，可他說，如果我被證明患有精神疾病，那麼這份遺囑是無效的，因為精神病人是無責任能力的人。

街坊鄰居，開始有人對我指指點點，說我有神經病。我從對面走來，他們會紛紛避開或故意視而不見，如果我跟他們擦肩而過，他們會很緊張地盯著我的手，生怕我會忽然掏出什麼東西來襲擊他們。他們越這樣，我就越頻繁地從家裡進進出出，我不坐車，我要讓他們知道我是正常的，對他們沒有任何威脅。可我越是這樣，他們就越認為我不正常了。因為我以前是很少步行的，出門就要上車。公司裡的員工看我的眼神也怪怪的。我一個命令要下好幾次他們才有所動作，他們看著我說，是真的嗎？或：您想好了，是不是真的這麼做？我生氣了，我把他們從我辦公室趕了出去，或扣掉他們當月的獎金。不過第二天我又平靜了，把他們的獎金恢復過來。以前，我可是個溫和的人，對下屬很好。誰知他們下次向我彙報工作的時候，在門外猶猶豫豫，半天不敢敲門。我聽到他們在背後議論我反覆無常。有個傢伙為了試探我，居然當著我的面把我辦公桌上的一盒高級香煙塞進了自己的口袋，要命的是我想命令他拿出來可我說不出口，只好裝做沒看到。這件事帶來了災難性的後果，其他職員也紛紛效仿，把辦公室的東西據為己有。我怕太嚴厲他們一下子走光，那我的公司也就垮了，我只好忍氣吞聲。他們更加瘋狂了，我的財務開始把公司的資金轉移到他自己的帳戶上，我以前的幾個得力幹將開始出賣公司的情報。這些我不怕，我掌握了充分的證據，以後可以追回或起訴。我生意上的競爭對手派人來試探我，我也樂得裝個糊塗。但要命的是，許多生意夥伴也紛紛背離了我，這可是釜底抽薪，一下子讓我四面楚歌。我的生意一落千丈。不過我也忽然想開了，我老婆不是想得到我的財產麼？那好，我就讓她知道會有什麼在等著她。她以為她會抓到一頭大象呢！她伸出手，慢慢靠近，再猛然一撲，可抓到的不是大象而是一隻老鼠，那多有意思（也許她剛開始還不信，以為手裡的老鼠不過是大象的尾巴呢）。再說，沒有了錢，她也就不會那麼出手闊綽、頻繁地把我送到精神病院來了。

現在我知道，她是一定要把我送到這裡來的。也許不是為了錢，或是怕我在外面搞女人，而是因為我這個人在她眼裡完全是多餘的。她才不在乎錢呢，做醫生的收入高得很，光紅包就不得了。以前她拿了紅包還興奮地給我看，後來提都不提了，好像再正常不過了。可是，她怎麼會視我為多餘呢？我猜想，她的這個計畫肯定很深，很長，說不定她為此精心準備、策劃了好多年。可是，她的目的究竟是什麼呢？說實話，到目前為止，我還不知道她的目的。或許，她的目的就是把我送進精神病院。你看，我繞來繞去的，把自己都繞糊塗了。由於服用了大量藥物，我的胃出血了，全身疼痛，酸軟，經常頭疼，睡眠不好。意識也有些不清楚了。我懷疑，這樣下去，我遲早會真的被他們折磨成精神病的，那我老婆的目的就達到了，她可以永遠把我關在這裡了。因此，在我被醫院完全變瘋前，我要反抗。

我想，不能再這樣下去了。既然我待在一口深不可測的井邊，遲早有一天，我會掉進裡面去的，現在逃跑還來得及。我向法院起訴，提出了離婚。她果然對法官說我有精神病，這樣問題就複雜起來，法院必須先鑑定我是否有精神病，而法院的鑑定又是以我先前的病史為基礎的，經我多方奔走活動，市法醫學會司法鑑定所才作出結論，說我目前沒有精神病，言下之意就是說，我以前或以後有沒有並不知道。他們說，有一種精神病是間歇性的。我申請他們鑑定我以前病歷的真偽，可他們以那份病歷作為依據，駁回了我的申訴，你看事情就是這樣古怪。就像我在報紙上看到的，一個人向上級主管部門舉報自己所在的單位，但上級主管部門的領導在舉報資料上批了個字，說，請原單位處理。這不太可怕了嗎？不但沒解決問題，還把舉報人給暴露了，讓他沒完沒了地遭受打擊。我的離婚的想法被暴露後，我老婆對我的折磨果然變本加厲了。我和她之間最後的一層溫情脈脈的面紗也被撕掉了。她不再給我一個笑臉，動輒打報警電話，她自己砸了電視，砸了熱水瓶，茶杯，等別人進了門她就說是我砸的。她揪著自己的頭髮，撕碎自己的衣服，在那裡大喊大叫，然後對員警說我有暴力傾向。她自己把窗簾點火燒著，然後說我要放火燒房子。總之她和我不共戴天，不肯跟我在一個屋簷下生活下去了，不但如此，她還要把我送到這裡，好獨佔那幢大房子。

來，倒點水給我。謝謝。一想到這一點，我就胸口憋悶，喘不過氣來。開始我以為僅僅是一條瘋狗在後面追我，想咬我，現在我才發現，不是狗在追趕我，而是我早已置身於它黑暗的肚子裡面了，它的胃液正在慢慢地把我消化。我無處可逃，唯一的辦法是，把自己變得堅硬一些，難消化一些。

可以說，第三次進精神病院，完全是我自願的。我想，既然逃不出去，就不妨跟他們玩玩遊戲。我開始故意折磨她，真的裝出發瘋的樣子來嚇她。我到她單位上大吵大鬧，說她在外面有別的男人。我故意跟蹤她。我故意在她來月經的時候強行跟她做愛。你知道，她是一個醫生，當初，她正是利用自己當醫生的便利條件和專業知識，偽造了我的病歷，還捏造了我患有精神病的事實，然後在我完全不知情的情況下有意激怒我，讓別人覺得我真的有精神病。醫生都很注意衛生，現在我這樣做，簡直比拿刀殺她還讓她難受。有一天晚上，我打了一個花臉偷偷站在她房門口，她半夜小解時嚇了一跳。果然，她又給精神病院打電話。唯一讓我想不通的是，這個電話似乎打遲了一些，按道理，她早就該打了。不過我也不願想那麼多了。總之，這次我是十分樂意進精神醫院的。除了她，我還要和那幫醫生開開玩笑。我偷偷在衣服裡藏了一把早已準備好的小鋸條。我想，有了它，我在精神病院裡的生活就變得有樂趣了。我要求單獨住一間病房。我很「乖」。只要我「聽話」，我老婆也捨得花錢。前兩次，醫生跟員警差不多，這次也好多了，即使是員警，也是維和員警了。我的積極表現贏得了他們的好感。但等醫生和護士離開病房，我就開始行動了。我用鋸條悄悄鋸著窗子上的鋼筋，每天鋸一點點，就像我們小時候看的那些描述革命者越獄的連環畫一樣。這種在地下的感覺讓我覺得很過癮。鋸好後，我又把毛巾晾在那裡，把它遮住。我早已觀察好了，只要我把鋼筋鋸開，就可以趁門衛不備從那裡逃出去。每天還有人不斷地被送進來。只要聽到那些叫聲，就知道又有人被送進來了。有一個老頭子，罵罵咧咧的，他的幾個兒子和女兒為了占他的房子，居然把他送到這裡來了。還有一個人，因認為自己的小孩不聰明，就把小孩掐死了。所以，這裡的怪事最多了，待的時間長了就會覺得很好玩。每天清早，病房對面的食堂裡會傳來電動機的響聲，我知道那是食堂在抽水，把自來水抽到屋頂上的水塔裡去，這是我最歡迎的時刻，我聞雞起舞趕快行動，這時鋸窗子的聲音大一點也不要緊。有時候，我還故意跟醫生或護士捉捉迷藏，聽到他們開門，我就躲到門背後或鑽到床底下，剛開始，他們被嚇壞了，以為我逃跑了。被他們找到，我就笑嘻嘻地舉著手爬出來。他們也笑了起來。我為他們增添了樂趣。雖然後來他們一進門就會到門背後或床底下找我（總有一天，他們會撲空的），但我還是繼續把這個遊戲玩下去。可惜我不會飛簷走壁，不然我真的爬到天花板上去，他們大概怎麼也想不到我爬到天花板上去了。每過一天，我就在門後悄悄刻上一劃，一個正字有了，又一個正字有了，那時我住3號房，不信你可以到那裡去看看，保證那些字還在。我清楚地記得，當我刻到十三個正字還差一橫的時候（它像一個倒著的「止」字，這是在暗示我停止「刻字」，可以邁開腳步逃跑了），需要鋸開的地方，都被我鋸好了。這段時間，即使我老婆像以前那樣到醫院裡來表演，我也故意不配合她，顯得很煩躁，讓她暗暗高興。有一次，我甚至還甩了她一個耳光。雖然我為此又挨了一次電擊。

我從那裡逃了出來。我沒有回家。我從弟弟那裡拿了錢，在外面租房子住。我的遊戲並沒有完，它還在繼續。我知道，過不了多久，他們就會找到我，把我重新抓回去的。在那段難得的自由時光裡，我隨時都在等待他們的到來，準備著他們破門而入。只有這樣，我才占了主動。因此我每次出門前都要在桌上留一張字條，說我去了某某地方，叫他們在這裡等我，我大概有多久就會回來。我還寫了日記。我把日記也放在桌子上，上面寫我每天做了什麼，從外面回來，我就趕快把剛才的經歷寫了上去。我不能再讓他們玩弄我於股掌之上，恰恰相反，我要牽著他們的鼻子走。

不出所料，大概半個月後，我哼著歌曲從外面回來，剛推門進去（其實我知道他們已經躲在門背後，我看到門鎖已被破壞，但我並沒有轉身就跑），他們就扭住了我。我最開心的，是他們相信我，真的在屋子裡等我。他們相信我的話，這不說明我沒有精神病麼？所以在臨出門的時候，我對他們說，請你們別急，讓我把日記寫完。可這些人素質太差了，居然連這一點小小的要求，都沒有答應。我記得以前看外國電影，覺得最好玩的，就是警方在追捕一個人的時候，如果他正在和一個女人成其好事，那警方會很有耐心地等他把事做完。這些人怎麼一點紳士風度都沒有呢？太讓我失望了。

俗話說，事不過三，我已經跑了三回，現在累了，要休息一段時間再跟他們玩。現在我待在這裡真的很開心，你看，那個護士小姐的小腿多迷人啊，還有她的胸部。跟你說，我老婆也有這樣迷人的小腿和高聳的胸部。奇怪，如果把她們當作我老婆，我就一點也不害怕了。

對了，還忘了告訴你我的名字，我叫劉幸福，我老婆叫陶彩鈴。

11

他是個想入非非的人。有時候，他喜歡想像一些悲劇性的場面，並且把故事的主角設定為自己。因為說到底，悲劇比喜劇更有價值，毀滅更令人深思。

那時經常出現在他腦海中的一個畫面是，他在上班或下班的路上，忽然被一輛卡車刮倒，他的身體飄了起來。他醒過來後，依然上班，下班，回家。但單位或家裡的人對他視而不見。他跟以前一樣愛著單位，愛著家，他整理辦公桌，擦地板，燒開水，坐在籐椅上翻報紙。為了引起別人的注意，他還故意把報紙翻得很響。可別人依然無動於衷。他的辦公桌已經被別人占去了。他到學校去接女兒，女兒與他擦肩而過。他跟在女兒後面跑著。女兒的書包那麼重，他想趕上去用力把它托住，好讓它變得輕一些。過十字路口的時候，他拉著女兒的手，想護住她。如果萬一有車過來，就先撞他好了。女兒那麼小。不，小也好，等女兒大了，麻煩也就大了，女兒要讀大學，要談戀愛，要防止被壞男人騙，要擔心她將來的丈夫對她好不好，上司會不會借工作之名調戲、玩弄她。他跟在女兒身後。他一會兒緊張，一會兒驚訝，一會兒搖頭，一會兒拍自己的腦袋，掐自己的手。女兒敲門。妻子過來開門，讓女兒進去了，看了看他，卻沒有什麼表示。他說，是我。妻子根本沒理他，把門關上了。這時他才意識到，他已經不是一個人了……這些古怪的念頭經常像螞蟻一樣咬著他。

他對劉幸福說，你猜我剛才去了哪裡？告訴你，我剛才回家了，可是到了家門口，我才發現我沒有鑰匙。這樣我就上不了樓。我躲在樓道外面等。等裡面的人出來或外面的人進去。我等啊等。我很冷。我往外走了幾步，想看看我家的燈光，隨著仰望角度的減小，我還真的看到我家的燈光了。我一看就知道，那燈光非我們家莫屬。那盞××牌吊燈還是我從燈具店買來親手裝上去的。它把白熾燈和節能燈組裝在一起，既明亮又溫暖。我恨不得沿水管爬上去看看妻子和女兒在幹什麼。不用說，妻子還在為我的事情奔波。她是不是已經變老了？那天，我終於看到了她。我像個孩子似的哭了。她說她正在找律師起訴我們單位和醫院，我叫她別起訴了，把我放出去就行了。她說，不起訴醫院怎麼會放你出去呢？我說，法院判這個官司，還是得以醫院的精神鑑定作依據，但醫院會出具對自己不利的證據麼？只要有人給你做精神鑑定，多少都會鑑定點精神病出來，就好像一個人只要有身體，那麼他的身體多少會有些問題，沒有大的問題，也會有小的問題，譬如牙疼、皮炎什麼的，同樣的道理，只要你有精神意識，他們就會說你有精神病，會說你有焦慮、狂躁、抑鬱或強迫傾向，你越反抗，你的症狀就越明顯。她說，那怎麼辦，難道你要讓他們關你一輩子麼？我說，我已經做好了這個準備。看得出來，她對我很失望。她想不到我這麼快就放棄了抗爭。我還想說點什麼，可我的意識忽然一片模糊。我要說的話，全部沉陷到那模糊中去了，就像一艘輪船在陰暗冰冷的大西洋上失蹤。我冷漠地轉過頭，朝病房裡走去。我忽然頭痛欲裂，不想跟她說話了。等我的頭痛好了一點點，清醒過來的時候再去找她，她已經走了。我扒在鐵格子上。有個人手裡拿著什麼向我走來，我很害怕，馬上鬆了手。

我又猜想，我女兒肯定在做作業。一個小學生，作業卻比大學生還多。她每天清早就要起床，稍微晚了一點，就要餓著肚子上學，沒時間吃早點。樓下賣早點的地方，人總是那麼多，她一個小孩子，哪擠得上前，以前總是我起早去買回來。即使想鍛煉一下她的獨立性也難做到，誰忍心自己的孩子挨餓呢？如果上學遲到了，還要被老師罰站。他們班是全校最好的班級，班主任是全市的優秀教師。她管理學生可有一套了，她讓學生互相監督，互相管理，女兒遲到了，要扣分，在學校吃東西了，也要扣分。有一次，我偷偷在她書包裡塞了一塊麵包，誰知女兒竟大哭大鬧，以為我塞進了一枚定時炸彈，她說，難道你不知道學校規定不能在校園裡吃東西嗎？難道你不知道我們班的同學都互相監督、被同學發現了就會趕快去報告老師就要被扣分嗎？爸爸，你這是在害我啊！如果分扣得太多，就會影響名次、座位和期末評語。女兒的眼睛有點近視，你看，一個十一、二歲的女孩，眼睛就近視了，難怪現在眼鏡店的生意那麼火紅。老師是按名次和分數排座位的，一不小心，我女兒就會被排到最後面去，這樣，她的成績只會越來越下降，形成惡性循環。你說，這對她有什麼好處呢？所以我只好眼睜睜看著女兒餓著肚子上學。時間長了，她就會頭昏、眼花、低血糖。沒辦法，只好再想辦法給她加強營養，但她還是不肯吃，她說，她是女孩子，吃多了會長胖，長胖了，在班裡就會受到同學們的嘲笑。一個小孩子，居然就知道減肥，我不知道是好事還是壞事。她不但不讓自己吃，還不讓她媽媽吃，她說，媽媽，你要是長胖了，跟你一起出去多難為情啊。晚上，我和她媽媽哪裡也不敢去，要對付她做作業。我坐在左邊，做她的解題機，她媽媽坐在右邊，充當她的活書架。如果她媽媽有應酬，我就既要做解題機又要當活書架。遇到難題，她仰起臉望著我。有一段時間我想讓她自己思考，結果老師就在她作業本上批道：該生這段時間作業成績不理想，家長沒盡到責任，望加強督促、管理。這就怪了，小孩沒學好，家長沒怪老師，老師反倒怪起家長來了。沒辦法，我只好在女兒做完作業後，再把作業仔細地檢查一遍。她要查字典，她媽媽就趕快給她翻。反正考試又不能帶字典，不會考學生查字典的能力。她要什麼資料，朝她媽媽手一伸，她媽媽就趕快翹起屁股找。就這樣，為了對付女兒的小學作業，我們一家三口居然要忙到十一、二點。

但現在，我不在家，誰來輔導女兒做作業呢？她的成績肯定退了好遠。「學習如逆水行舟不進則退。在攀登科學高峰的途中，沒有平坦的大道。謙虛使人進步，驕傲使人落後。」她媽媽沒敢告訴她我在這裡，而是騙她說我到北京學習去了。的確有一次，我有了一個去北京進修的機會，但我放棄了，沒去。女兒說，爸爸怎麼沒來電話？她媽媽說，傻孩子，爸爸現在跟你一樣也是學生，你上課他也上課，你做作業他也在做作業，這樣，他怎麼有空給你打電話呢？

我多麼想看到我女兒啊。我後悔買房子時，把樓層買高了。我喜歡住在高一點的地方。爬樓我不怕。我怕潮濕，吵鬧，和鄰里糾纏不清。我想，樓層越高，這些就會越少。可我沒想到，這樣我想看到女兒就幾乎不可能了。我這不是自己蒙住自己的眼、自己搬石頭砸自己的腳嗎？

我只好又回到樓梯口這邊來。當初，忽然住進樓梯口有防盜門的房子，我們不禁受寵若驚，以為從此固若金湯萬無一失了。我等啊等。都說等待時，時間是最漫長的。本來，時間就是人類杜撰出來的。哪裡有什麼時間呢？它在哪裡？你拿給我看看。自從有了時間，人就被自己逼瘋了。時間就像作文本上的格子，人一定要把自己寫到格子裡去才安心。

終於，我聽到樓道裡有了動靜。我激動起來，我想我馬上可以回家了。想到家，我的眼淚馬上流了下來。我蹲在那裡，等他們下樓來開門。我聽出來那是一男一女。可他們挨挨擦擦的，很久都沒有下來，偶爾還聽到他們在擁抱和叭叭地接吻。他們擁抱的時候，滌綸衣服發出了摩擦的呼嘯聲。我往旁邊躲了躲。看見人家的私生活總是不好意思的。好半天，他們才到鐵門邊。那個女人高跟鞋的橐橐聲讓我的心忽然提了起來。果然，我聽到她說：女兒在我爸那邊，馬上要被送回來，下次你來早一點，我們就可以在一起多待一會兒了。

我一聽驚呆了，你知道了吧，那正是我妻子……

12

護理區的病人似乎多起來了。據說，有十多個人本來是可以出去的，但他們的家屬或單位卻沒有來接。有的已經待了一年多了。這個問題弄得醫院焦頭爛額。跟家屬聯繫，家屬說，家裡正在搬遷，沒多餘的房子給他們住。跟單位打電話，單位說沒錢，或者說那個人已經被除了名，不是單位上的人了。還有的乾脆說單位已經倒閉了。

醫院裡出現了奇怪的混亂局面。有時候，護士幾乎分不清哪些是已經痊癒的病人，哪些病人還需要繼續治療。而且他們還在不斷地互相轉換，一會兒，這個人症狀平穩，但馬上又變得狂躁不安了。病人像被炒剩飯一樣炒來炒去。

因為種種原因，院長決定提前退休；接替他的是塗榮廣。

塗榮廣擔任院長後，雷厲風行，進行了一些改革和創新。護理區的病房，由原來的三十多間，擴展到現在的五十多間。他的神經療法還在準備當中。理論上的，技術上的。一旦條件成熟，他就要試驗實施了。他仔細研究了禹漱敏的病歷，又看了他的腦部掃描圖，準備到時候讓他先試一試。

禹漱敏經常坐在那裡自言自語：你是否與人疏遠、對親人懷有敵意，常因小事痛苦流淚或無故高興？是否孤獨敏感，常沉迷於脫離現實的幻想中，自語，自笑或無端恐懼？我沒病，別碰我！你們滾遠點！我不是生氣。我沒有生氣。我沒有狂躁。我知道，一狂躁你們又要電擊，打鎮靜劑。我沒有狂躁。我驚嘆號都沒有用一個。你看到我的驚嘆號了？它在哪裡，你們捉來讓我看看。我說了，我沒病。不，我說沒病你們就會說我有病，那我還是說有病，我有病，總行了吧？他忽然想起什麼來似的，把手指伸進喉嚨。劇烈的生理反射使得喉嚨彈跳起來。他在那裡乾嘔著。沒多久，他就要重複一下這個動作。他的指頭濕漉漉的。

劉幸福說，哎，快來看，剛才過去的那個女人好像是我老婆，是不是他們把她也抓進來了？

禹漱敏說，你老婆肯定是來救你出去的。

劉幸福說，不要，我不要，把我救出去，她和我又要沒完沒了地吵架。

禹漱敏說，那你快躲起來。

劉幸福就躲了起來。

他們吱吱笑著，在窗下抱作一團，滾到了一塊。

這天，走廊裡好多人在走動。又來了一個病人。禹漱敏把頭伸出去一望，覺得這個人似曾相識。他想了一會兒，忽然竄到新來的病人面前，握住他的手，親熱地說，主任，你也來了?!

尾聲

×年×月×日，一位叫譚霞成的市民向法院遞交了民事訴狀，把××精神病院和省××局告上法庭，要求法院對其丈夫禹漱敏重新作精神鑑定，判定兩被告侵權並賠償精神損失人民幣一元整。經譚霞成多方奔走和必要的疏通後，法院委託××精神病院對禹漱敏重新作了精神鑑定，結論是禹漱敏患有偏執性精神病未治癒。但原告的代理律師認為，××精神病院本來就是本案的被告之一，又作有關本案的關鍵性鑑定，顯然違反了法律程式。正在這時，主審法官的手機響了，他接了一個電話，再繼續審理此案。猶豫片刻，他認為原告代理律師的反駁有效。法官最終裁決，××精神病院立即放人，禹漱敏原所在單位當初送治手續不完整，應立即恢復其名譽和工作，安排其正常上班。

×月×日，禹漱敏從精神病院回到了家裡。

語言文學類　PG1140　SHOW小說6

我沒病
——原創長篇小說

作　　者／陳　然
責任編輯／黃大奎
圖文排版／姚宜婷
封面設計／秦禎翊

發 行 人／宋政坤
法律顧問／毛國樑　律師
出版發行／秀威資訊科技股份有限公司
114台北市內湖區瑞光路76巷65號1樓
電話：+886-2-2796-3638　傳真：+886-2-2796-1377
http://www.showwe.com.tw
劃撥帳號／19563868　戶名：秀威資訊科技股份有限公司
讀者服務信箱：service@showwe.com.tw
展售門市／國家書店（松江門市）
104台北市中山區松江路209號1樓
電話：+886-2-2518-0207　傳真：+886-2-2518-0778
網路訂購／秀威網路書店：http://www.bodbooks.com.tw
國家網路書店：http://www.govbooks.com.tw

2014年3月　BOD一版
定價：240元

國家圖書館出版品預行編目

我沒病 : 原創長篇小說 / 陳然著 . -- 一版 . -- 臺北市 : 秀威資訊科技, 2014. 03

面 ;　公分. -- (語言文學類 ; PG1140)

BOD版

ISBN 978-986-326-230-5 (平裝)

857.7　　103002202

讀者回函卡

感謝您購買本書，為提升服務品質，請填妥以下資料，將讀者回函卡直接寄回或傳真本公司，收到您的寶貴意見後，我們會收藏記錄及檢討，謝謝！
如您需要了解本公司最新出版書目、購書優惠或企劃活動，歡迎您上網查詢或下載相關資料：http:// www.showwe.com.tw

您購買的書名：________________________________

出生日期：________年________月________日

學歷：□高中（含）以下　□大專　□研究所（含）以上

職業：□製造業　□金融業　□資訊業　□軍警　□傳播業　□自由業
　　　□服務業　□公務員　□教職　□學生　□家管　□其它_____

購書地點：□網路書店　□實體書店　□書展　□郵購　□贈閱　□其他

您從何得知本書的消息？
□網路書店　□實體書店　□網路搜尋　□電子報　□書訊　□雜誌
□傳播媒體　□親友推薦　□網站推薦　□部落格　□其他__________

您對本書的評價：（請填代號　1.非常滿意　2.滿意　3.尚可　4.再改進）
封面設計____　版面編排____　內容____　文／譯筆____　價格____

讀完書後您覺得：
□很有收穫　□有收穫　□收穫不多　□沒收穫

對我們的建議：________________________________

____

____

____

請貼
郵票

11466
台北市內湖區瑞光路 76 巷 65 號 1 樓
秀威資訊科技股份有限公司 收
BOD 數位出版事業部

....

（請沿線對折寄回，謝謝！）

姓　　名：____________ 年齡：________ 性別：□女　□男

郵遞區號：□□□□□

地　　址：______________________________

聯絡電話：(日) ____________ (夜) ____________

E-mail：______________________________